新堂冬樹
Fuyuki Shindo
東京バビロン
幻冬舎

東京バビロン

1

夜の青山——骨董《こっとう》通り沿いに立つ白い外壁のビルの前にポルシェ・カイエンが停車すると、エントランスから飛び出してきた小柄な黒服が後部座席のドアを開けた。

「ごめん、ごめん、撮影が押して遅れちゃった」

車から降りたほろ酔い加減の音菜《おとな》を、通行人達が次々と弾かれたように振り返った。

シャネルのベビーアニマルシリーズのキャミソールワンピースで包んだ百六十七センチの長身、ストレートロングの黒髪、猫科の動物を彷彿《ほうふつ》させる黒目がちなくっきりとした瞳、高く通った鼻筋、赤く濡れた唇、キャミワンピのミニスカートからまっすぐに伸びた細く長い足……音菜は、高校時代から、みなの視線を集めることには慣れていた。

「ねえ、あのコ、音菜じゃない？」

「顔ちっちゃ！」

「みてみて、足長いね」

「八頭身、羨ましいなぁ」

「テレビで観《み》るより、もっと細いね」

男も女も、羨望《せんぼう》の眼差《まなざ》しを音菜に向けていた。

「お連れの方、もういらっしゃってますよ」

音菜は、クロエのフレグランスの香りを残し、黒服……佐竹に先導されビルのエントランスに入った。

佐竹は、クラブ「Bunny」の店長で音菜より三つ上の二十五歳だ。

背は音菜より低く小柄で色白の佐竹は、一見、頼りなさそうにみえるがなかなかのやり手だった。

芸能界、スポーツ界、実業界などの業界人が足繁く通う、都内でも客筋がいいことで有名な「Bunny」で、佐竹は入店二年で店長に昇格するという異例のスピード出世を果たした。

客扱いがうまく、自尊心が高く自我の塊の音菜も、「Bunny」に通い始めて一年になるが、佐竹にたいして不満に思ったり、クレームをつけたことは一度もなかった。

「ケンさん、かなり出来上がっていますよ」

エレベータに乗りＢ１ボタンを押しながら、佐竹が言った。

ケンは、音菜が専属モデルを務める人気ファッション誌「スタイリッシュ」の編集長だ。先月三十回目の誕生日を迎えたばかりのケンは、センスがよく、頭が切れ、その上かなりの二枚目だが、酒に呑まれるのが玉に瑕《きず》だ。

最初は明るく弾けて愉《たの》しい酒が、酔いが回るにつれ絡み酒になってくるのだ。

同じ質問を繰り返すようになったら、絡み酒スタートの合図だ。

「えー、ヤバいじゃん。もう誰か、被害にあってる？」

「いえ、まだ大丈夫です。先ほどお部屋にお酒を運んだときには、十八番《おはこ》の物まねをやられてましたよ」

佐竹が、微笑《ほほえ》みながら言った。

音菜は、欧米人がそうするように両手を広げて肩を竦《すく》めてみせた。

ケンはアルコールでエンジンがかかってくると、アーティストの歌まね、俳優のセリフのまねなどを頼みもしないのに延々とやり続ける。

しかもまったく似てないので、周囲はつき合うのが大変だ。

「どうぞ」

ＯＰＥＮボタンを押し、佐竹が頭を下げた。

エレベータを降りると、すぐ目の前に王朝宮殿ふうの二本のピンク大理石の門柱が立っており、門柱に挟まれる格好で、同系色で塗られニス加工された特大の観音開きの扉があった。

扉の前にＩＤチェックをするためにガッチリとした体軀《たいく》の黒服が立っていたが、もちろん、音菜は顔パスだった。

「Bunny」は、ほかの多くのクラブがそうであるように未成年は入場できないシステムになっている。

もっとも、新宿や渋谷あたりのクラブでは表面上はそう謳《うた》っていても、保険証の提示だけで入店させる適当な店も多い。

保険証は顔写真がついていないので、未成年でも成人の知り合いのものを借りることができる。

その点、「Bunny」は徹底しており、免許証、パスポート、社員証、学生証のいずれかがないとフロアには入れない。

年齢だけでなく、服装チェックも厳しく、男性は短パン、Ｔシャツのリゾートスタイルはもちろん、ジーンズや七分丈のパンツ、アロハや派手な柄のシャツもＮＧで、それらをクリアしていても、黒服に品が悪い、センスがない、不潔っぽいと判断されれば入店拒否の憂き目にあう。

髪型で言えば、パンチパーマやスキンヘッド、それから、ボサボサの長髪などがＮＧだ。

女性にたいしてのチェックは男性ほど厳しくはないが、それでも、タンクトップや場末のホステスみたいなギラギラの服装はひっかかってしまう。

それは、オーナーであるバーブ佐藤の「大人の遊び場」「上質な空間」の提供という信念に基づいている。

若い頃、「修業」と称して単身パリに渡り、カフェやバーやナイトクラブを転々としていたバーブは、日本との違いを痛感した。

まず、大人と若者の住み分けが完全にできているということだ。

日本の場合、若者と言えばせいぜい二十代前半の年齢を指すが、パリでは本当の意味での大人の遊び場には三十代でもまだ早いという風潮があった。

有名人は、従業員通用口からＶＩＰルームまたはＶＩＰコーナーに直行するのが通例だが、音菜は一般客と同じエントランスから入場してほしいとバーブに頼まれていた。

つまり、客寄せパンダだ。

音菜が「Bunny」に来店するようになってから、来店客が飛躍的に増え、月の売上げが三割増しになったという。

肌やプロポーションをベストコンディションに保つために、音菜が「Bunny」を訪れるのは週一程度だったが、それでも、カリスマトップモデルが常連のクラブ、という噂が広まり音菜目当ての新規客が跡を絶たなかった。

音菜の待遇は、入場料はもちろん無料で、相当に傍若無人な要求でないかぎりほとんどが受け入れてもらえる。

なので、客寄せパンダと揶揄《やゆ》されようが構わなかった。

みなが自分を求めている……それが、音菜にとって最高の至福だった。

「お入りください」

佐竹が、観音開きの扉を開けた瞬間、エレクトロニカのアップテンポなリズムが音菜の鼓膜を刻み、カラフルなレーザービームがキャミワンピを縦横無尽に走った。

レディー・ガガのポーカー・フェイス――DJ Remix バージョン。

聞き慣れた曲――嫌いではない。

だが、今夜の気分ではなかった。

フロアで踊っている客、カウンターでカクテルグラスを傾けている客、ＶＩＰコーナーで談笑している客……方々から、熱い視線が音菜の全身に突き刺さった。

注目を浴びることには、慣れていた。

だが、飽きてはいなかった。

何千回、何千人の熱い眼差しを浴びても、変わらぬ快感が音菜を恍惚《こうこつ》とさせた。

「音菜さん、こちらです」

ＶＩＰルームはエントランスを入ってすぐに右手にあるのだが、音菜が足を向けた先は反対側だった。

「いいの。少し喉を潤してから、合流するから」

音菜は佐竹に片目を瞑《つぶ》り、バーカウンターに向かった。

「お供します」

慌てて、佐竹が音菜に続いた。

無理もない。

世界に通用する日本トップクラスのモデルに、万が一のことがあったらクビ程度では済まない。

「おい、音菜だぜ」

「マジかよ……本物だ……」

「CGみたい！」

芸能人は見慣れているはずの客達が、まるで修学旅行生のようにミーハーに騒ぎ立てた。

エステ、ヨガ、リンパマッサージ、加圧トレーニング、半身浴……美にいいと聞けばあらゆる方法を取り入れてきた音菜だったが、「一般庶民」の羨望と憧憬《しょうけい》の視線がどんな方法よりも最高の「特効薬」だとわかっていた。

だからこそ、VIPルームには直行せずに、わざと人目に触れるフロアに足を進めたのだ。

色めきたつ周囲の客にみせつけるように、音菜は世界レベルのキャットウォークで人いきれを縫うように歩いた。

音菜が一歩足を踏み出すたびに、目の前の人込みが自然と分かれて道ができた。

テレビや雑誌でその姿をみない日はないほどの有名人が、手を伸ばせば届く位置にいて、靡《なび》く黒髪が触れるほどの至近距離を歩いているというのに、客達は遠巻きにみているだけで声をかけることさえできなかった。

「いつものちょうだい」

バーのカウンタースツールに浅く腰かけ、音菜は馴染みのバーテン——ショーンに声をかけた。

「あ、音菜さん、お部屋に運びますよ」

ショーンが、気を利かせて言った。

ショーンはれっきとした日本人だが、ハリウッドスターのショーン・ペンに似ていることからそう呼ばれていた。

「いいの。部屋に行ったら落ち着いて呑めないから、一杯だけここで」

「ですね。今日も、賑やかなメンバーですよ」

ショーンが、片目を瞑った。

佐竹が、客達からガードするように音菜のスツールの後ろに背を向けて立った。

「今夜は、ちょっと疲れ気味だからスイートベルモットを多めにね」

「かしこまりました」

ショーンが、氷を入れたミキシンググラスにアンゴスチュラビターズ、ライウイスキー、スイートベルモットを注ぎ、右手の中指と薬指に挟んだバースプーンでステアした。

ストレーナーを被《かぶ》せ、冷やされたカクテルグラスにレモンピールを搾《しぼ》り、仕上げにカクテルピンに刺したマラスキーノチェリーを飾るとマンハッタンが出来上がった。

音菜は、ショーンのバースプーンを扱うときの繊細でありながら力強い指の動きを眺めているのが好きだった。

「いつも、最初にお呑みになられるのがマンハッタンなのは、なにか理由があるんですか？」

ショーンが、琥珀《こはく》色に染まるカクテルグラスを音菜の前に滑らせながら、遠慮がちに訊《たず》ねてきた。

「マンハッタンは、なんて呼ばれているかしら？」

「カクテルの女王です」

「そう、女王。私に、相応《ふさわ》しいと思わない？」

音菜は、カクテルグラスをショーンに翳《かざ》し微笑むと、ひと口含んだ。

まろやかな味が、ふわっと口内に広がった。

ベースをライウイスキーからスコッチウイスキーに変えるとロブ・ロイと呼ばれ味に力強さが増し、バーボンウイスキーに変えるとバーボン・マンハッタンと呼ばれ荒々しく野性的な味になる。

「なるほど。納得です」

ショーンが、柔和に目尻を下げた。

「私以外に、このカクテルが似合うモデルはいないわ」

深く頷くショーンから逸らした視線を遠くに泳がせ、音菜は記憶を遡《さかのぼ》らせた。

四年前。会場を埋め尽くす五千人の観客。明かりが落とされた舞台に並ぶファイナリスト十五人の間を駆け巡るスポットライト。

――応募総数八千三百二十一人の中から選ばれます、第一回「ジャパンモデルコンテスト」のグランプリを発表します。

低いドラムの音が、張り詰めた場内の空気を震わせた。

観客も、緊張の瞬間を固唾《かたず》を呑んで見守った。

――エントリーナンバー十一番、福山音菜さんです！

スポットライトが、音菜の全身を包んだ。

感激はあったが、驚きはなかった。

――グランプリ受賞、おめでとうございます！　いまのお気持ちをどうぞ。

ＭＣの人気アナウンサーが、笑顔でマイクを差し出した。

――とても嬉しいです。ありがとうございます。

言葉とは裏腹に、音菜は冷静な口調で言った。

――八千人以上のライバル達の頂点に立ったというのに、落ち着いてますね。本当に、十八歳ですか？

ＭＣが、ジョーク交じりに訊ねてきた。

――応募者が五万人いても、結果は変わらないと思います。

ＭＣの笑顔が強張《こわば》り、場内が異様な空気に包まれた。

——いやぁ〜心強い。凄い自信ですね！　この喜びを、まずは誰に伝えたいですか？

なんとか笑顔を取り戻したＭＣが、感動の言葉を引き出そうとしているのはみえみえだった。

——特別には、いません。

素っ気なく答える音菜に、観客がどよめいた。

——またまた、変化球できましたね！　伝えたい人が多過ぎて、特定の人に絞れないということですね？

おかしな空気に支配されつつある観客を取り成すように、ＭＣが強張った作り笑顔で促した。

――いいえ。日本中のモデルが集まった中でのグランプリなら、誰かに伝えると思います。

淡々と口にする音菜に、場内の空気が一気に氷結した。

狙ったわけではないが、このときの音菜の傲慢《ごうまん》な態度が各ワイドショーや新聞で取り上げられ、これまでのモデルの既成概念を打ち破るキャラクターは商売になると判断した大手の芸能プロダクション数社の争奪戦に発展した。

もちろん、大手芸能プロダクションが色めき立ったのは、発言が面白いだけではなく、圧倒的なビジュアルとスタイルがあってのことだ。

音菜が所属したのは、「グローバルプロ」という、業界最大手の芸能プロダクションだった。

事務所の強大な政治力もあり、音菜は有名ファッション誌五誌の表紙を飾り、業界トップの化粧品メーカーのイメージガールに大抜擢《だいばつてき》されるという華々しいデビューを飾った。

渋谷、原宿、青山、六本木、新宿のファッションビルの壁面、特大モニタービジョン、駅の看板……街を歩けば、必ず自分の姿が眼に飛び込んできた。

デビュー二年目には、数多《あまた》いる先輩モデルを差し置き、日本最大のファッションショー――「ジャパンガールズコレクション」のメインを務めた。

事務所の猛プッシュもあったが、ルックス、スタイル、ウォーキング、オーラ……どれを取っても、音菜はほかのモデルとは次元が違った。

それだけ目立てば、当然のことながらモデル業界にはつきものの嫌がらせやイジメも強烈だった。

撮影現場で一緒になったモデル達の無視はあたりまえで、メイク道具や靴を隠されるなどという稚拙《ちせつ》な嫌がらせは挨拶代わりのように行われた。

桁違いの美貌と存在感に嫉妬し、どう逆立ちしても勝てないと思い知らされた絶望からくる低レベルな愚行につき合えば、音菜自身も低い次元に落ちてしまう――音菜は、憐れな負け犬達を相手にはしなかった。

だが、ある日のファッション誌の巻頭グラビアの撮影現場で事件は起きた。

音菜はその日、三着の衣装を用意されていたのだが、衣装は、控え室のテーブルの上で無残に切り裂かれた布の山と化していた。


――ちょっと、なんなのよっ、これ！

控え室に響き渡る音菜の大声に、驚いたマネージャーが飛び込んできた。

――どうしました？

――どうしたじゃないわよっ、これ、みてよ！

音菜が指差す、ズタズタになった衣装に視線をやったマネージャーが表情を失った。

――外に声が聞こえてるわよ。あら……ひどいわねぇ。音菜ちゃん、大丈夫⁉

控え室に入ってきた共演モデルの理沙が、わざとらしく作った心配顔で音菜に駆け寄ってきた。

理沙は「グローバルプロ」の先輩モデルであり、音菜が所属するまでは事務所のエースタレントだった。

しかし、音菜が入ってからは、理沙はエースの座を奪われ、凋落《ちょうらく》の一途を辿った。

この日のファッション誌のオファーも音菜にきたものであり、理沙はバーターだった。

エースタレントがバーターされる……これは、理沙にとって耐え難い屈辱だったはずだ。

――あなたがやったんでしょう⁉

理沙の顔をみた瞬間、音菜は咄嗟《とっさ》に口に出していた。

八つ当たりしたわけではない。

靴に画鋲《がびょう》を入れられる、椅子に接着剤を塗られる……これまでも、音菜にたいする嫌がらせが行われた現場には、必ず理沙がいた。

理沙には、音菜に嫌がらせをする「動機」がある。

いままでは、無視してきた。

証拠もなく、問い詰めても無駄だと思ったからだ。

だが、このときばかりは、見過ごすわけにはいかなかった。


——は⁉　あんた、なに言ってるの⁉　私がやったって、証拠あるわけ？

理沙が、腕を組み、薄笑いを浮かべながら訊ね返してきた。

——あなたが私のバーターだってことが、証拠よ！　悔しいからって、見苦しいと思わないの⁉　落ちぶれたのは、自分の実力でしょう⁉

——なんですって⁉　あんた、私を馬鹿にしてんの⁉

狐のように目尻を吊り上げた理沙が、音菜に詰め寄った。
音菜は、テーブルに載っていた鋏《はさみ》を手に取ると、理沙のゆる巻きの髪の毛を鷲掴《わしづか》みにして十センチくらいバッサリと切った。

——いやーっ！

——おいっ、音菜さん……なにやってるんですか！

マネージャーが慌てて止めに入ろうとしたが、既に理沙の自慢のロングヘアは片側だけおかっぱ頭になっていた。

——許せないっ、許せない！　クビにして！　この女を、クビにして！

ざんばらになった髪を狂ったように振り乱し、理沙が喚《わめ》き散らした。

——あなたにお似合いの髪型だわ。

音菜は言うと、耳を劈《つんざ》くけたたましい笑い声を上げた。

衣装を裂かれた音菜に、髪を切られた理沙――この日の撮影は、中止になった。

当然、事件は「グローバルプロ」の社長の耳に入り大問題に発展した。

解雇されたのは、音菜ではなく理沙のほうだった。

最初は、喧嘩両成敗でおさめようとした社長だったが、理沙を処分しなければ事務所を辞めるという音菜に押し切られる形になったのだ。

そう、音菜の存在は、業界最大手の芸能プロのトップを動かすほどになっていた。


「そろそろ、お部屋のほうへ」

佐竹が、遠慮がちに音菜を促した。

いつの間にか、佐竹の背後には音菜目当ての客達が黒山の人だかりを作っていた。

「ごちそうさま」

音菜は、ショーンに笑顔で言うと佐竹に続きＶＩＰルームに向かった。

「音菜さんが、いらっしゃいました」

佐竹がドアを開けると、ケンがイベントプロデューサーの勝也にテキーラを一気呑みさせているところだった。

「みんな、お待たせーっ！　盛り上がってるーっ⁉」

音菜はハイテンションに、VIPルームに足を踏み入れた。

「音ちゃん、遅かったじゃん！　駆けつけ一気行こうか！」

すっかり出来上がったケンが、ショットグラスを音菜に向けた。

「いよーっ、主役がやっときたか！　さ、早く座って！」

黒のスーツに豹柄のスリムタイをお洒落《しゃれ》に決めた勝也が、U字型ソファの中央を指差した。

「今日も、ナイスプロポーションだね！」

ドルチェ&ガッバーナの黒いジャケットにダメージジーンズをコーディネートした長身のハーフ顔の青年は、人気若手俳優の長澤翔太だった。

「ほんまや！　神は不公平やな〜、音菜ちゃんの美貌を数百万人の女の子にお裾《すそ》分《わ》けしたったらええのに」

キャップを前後ろに被った調子のいい小太りの中年男は、人気急上昇中の関西の芸人の亀山辰二だ。

このメンバーが、音菜の主な呑み仲間だった。

日によって、人気サッカー選手や売れっ子アーティストが加わることもある。

テーブルの上には既に、空になった二本のワインと高級焼酎のボトルが散乱していた。

「皆様のご要望に応え、音菜、テキーラボール一気行きます！」

ファッション誌の撮影のミニ打ち上げでほろ酔い加減の音菜は、ケンから受け取ったショットグラスを片手にみなの顔を見渡した。

ショットグラスの中身を口内に放り込むようにし、テキーラを飲み干す音菜に拍手と歓声が起こった。

「いよっ、さすが女王！」

ケンが、すかさず合の手を入れた。

「いやいやいや～、べっぴんさんは、なにをやっても似合いまんな～」

亀山が、大袈裟に感激してみせた。

いつでも、音菜が主役だった。

各業界で名を馳せる仲間達が、音菜の盛り上げ役に徹していた。

「失礼します」

見慣れない顔のボーイが、二本のドンペリのロゼが入ったシャンパンクーラーを載せたテーブルワゴンを押しながら現れた。

「音菜さん、オーナーからです」

佐竹が言いながら、シャンパンクーラーから抜いたロゼの栓を派手な音とともに開けた。

「ありがとう。バーブは？」

音菜は、佐竹に訊ねた。

「昨日、妙に張り切ってビールケースを運んでる途中に、ぎっくり腰をやっちゃいまして」

佐竹が、苦笑いを浮かべた。

「もう歳《とし》なのに、いつまでも若いつもりでいるんだから」

音菜も、苦笑いしながら言った。

バーブは、今年還暦を迎えた。

ボクシングをやっていた若い頃の習慣で、いまでもジョギングや筋トレを続けており、割れた腹筋や隆起した大胸筋はとても六十歳の肉体とは思えないほどに鍛え上げられていた。

「まったくですね」

ロゼ色に染められたシャンパングラスを、ボーイがみなに配った。

「皆様、グラスを手に取って立ち上がってくださーい！」

ケンが、シャンパングラスを片手に腰を上げた。

酩酊《めいてい》とまではいかないが、ケンの足もとはかなりふらついていた。

「日本一のモデル、音ちゃんの今後のさらなる活躍にかんぱーい！」

ケンの音頭で、音菜のグラスに次々とみなのグラスが触れ合わされた。

この日、音菜に記念すべきなにかがあったわけではない。

呑み仲間が集まれば、儀式のように音菜を持ち上げる。

最初から最後まで、音菜を中心に呑み会の話題は流れてゆく。

理由は、明白だ。

利用価値——みな、それぞれに音菜と接することでいい思いをしていた。

表紙になれば「スタイリッシュ」の売れ行きが倍になると言われている音菜に、編集長のケンは頭が上がらない。
二、三分のゲスト出演で数千人のファンが集まる音菜に、ファッションショーを手がけるイベントプロデューサーの勝也は足を向けて寝られない。
亀山は、売れっ子と言っても、所詮《しょせん》は不細工な芸人……音菜と飲み友達だというだけで、彼のステータスは上がる。

翔太は、単純に音菜に想いを寄せている。

みな、自分の機嫌を伺い、心地よくしようと気遣ってくれる。

この至福の時間が永遠に続いてほしいと、音菜は切に願った。

人々の興味が、福山音菜ではなく、人気絶頂のトップモデルの音菜にたいして向けられていることはわかっていた。

それでもよかった。

たとえみなの好意が偽りであっても、永遠に続くならば、それは真実となる。

「どう、最近、彼氏のほうは？」

乾杯が終わりソファに腰を戻すなり、ケンが据わった眼を向け訊ねてきた。

面倒なことになりそうだった。

ケンは、酔いが深くなるとしつこい性格になるのだ。

「まあ、相変わらずって感じ」

音菜は、素っ気なく言った。

秀《しゅう》の話題は、あまりしたくなかった。

彼を、嫌っているわけではない。

ただ、音菜が呑み歩く仲間達と秀では、「住む世界」があまりにも違い過ぎた。

「いま、なにやってるんだっけ?」

ケンが、質問を重ねた。

「建設現場に行ってるよ」

「いまや日本を代表するトップモデルの彼氏が、日雇いねぇ」

嘲《あざけ》りの籠《こ》もったため息を吐きながら、勝也が独りごちた。

「そんな言いかたしないで。秀は、アーティストなんだから」

弱々しく、音菜は言った。

秀を庇《かば》ったというよりも、自分を庇ったというほうが正しいのかもしれない。

秀は、ヴォーカリストを目指していた。

つまり、歌手の卵だ。

勝也が嘲るのも、無理はない。

年収億を超える額を稼ぎ出す売れっ子モデルと、日給一万円の建設現場の作業員。

誰がみても、不釣合なカップルだ。

「言いづらいんやけどさ、音菜ちゃんには、もっと相応しい男がおるんとちゃうん？　音菜ちゃんがダイヤモンドなら、彼氏は石ころやもんなぁ」

亀山が、言葉とは裏腹に秀をバッサリと切り捨てた。

「そうだよ。たとえば、翔太君なんてお似合いのカップルだと思うけどな」

勝也が、翔太に視線を向けながら言った。

「いやいや、僕なんて、全然、音菜ちゃんに相応しくありませんよ」

謙遜《けんそん》してはいるが、翔太の表情は自信に満ち溢《あふ》れていた。

「音ちゃんさ、みんなの言うとおりだって。もし、写真週刊誌にでもすっぱ抜かれたら、一大事だよ。音ちゃんと釣り合うような相手ならまだしも、歌手志望の建設作業員だなんて知れたら、イメージダウンもいいところだって」

ケンが、焼酎を水のように流し込みながら諭し口調で言った。

「それはそうかもしれないけど、いいところもあるんだから」

音菜は、そう言うのが精一杯だった。

「いいところって、たとえば？」

ケンがすぐさま訊《き》いた。

「いつも私を一番に考えてくれるし、なんでもやってくれるし……凄く、優しいし、怒られたことも一度もないの」

嘘ではない。

すべて、本当のことだ。

これまでつき合った男性はみな音菜のことを一番に考えてくれ優しかったが、秀の比ではなかった。

たしかに過去の恋人達は優しく気配りのできる男性ばかりだったが、どこか無理をしていた。

だが、秀にはそういう無理をしているような感じはなく、全身をマッサージしてくれるのも、ペディキュアを塗ってくれるのも、料理を作ってくれるのも、洗濯してくれるのも、そのすべてが自然体だった。

音菜が八つ当たりしても、傍若無人な態度を取っても、不満な顔ひとつみせずに尽くしてくれる。


——君の喜ぶ顔をみるのが、僕の一番の愉しみなんだ。

秀の口癖だった。

音菜にとって、最高の男性だった。

しかし、愛しているのかと訊かれれば、言葉に詰まってしまう自分がいた。

ならば、愛していないのかと言えば、それも違うような気がする。

親友と恋人を足して二で割ったような……秀との関係は、そんな感じだった。


「音ちゃんほどのスペシャルな女を恋人にできたらさ、誰だって一番に考えるし、優しくするだろうし……」

ケンの声を遮るように、突然、VIPルームのドアが開いた。

みなの視線が、ドア口に立つひとりの女性に注がれた。

音菜と同じくらいの長身にスリムで長い手足、小さな顔、ミルクティー色に染めたロングヘア、欧米系のハーフ顔――レイミは、れっきとした日本人だ。

レイミは、音菜がモデルデビューした「ジャパンモデルコンテスト」の去年のグランプリであり、「スタイリッシュ」の専属モデルを務めている。

歳は十九歳で、「ポスト音菜」の呼び声高い、業界で赤丸急上昇中の新人モデルだった。

エキゾチックできつい印象の顔立ちの音菜とは対照的に、大きな垂れ眼と肉厚な唇が印象的だ。

「盛り上がっているところ、失礼しまーす！」

レイミがかなり酒に酔っているだろうことは、先輩モデルがプライベートで遊んでいるVIPルームにノックもなしに「乱入」したことが証明していた。

実際、レイミの眼は赤く充血し、とろんとして焦点が合っていなかった。

「あんた、いきなり入ってきて失礼じゃない⁉」

音菜は血相を変えて立ち上がり、レイミと対峙《たいじ》する格好になった。

VIPルームの空気と呑み仲間達の顔が、一気に凍てついた。

2

「え～どうしてですかぁ。先輩に挨拶にきたのに、なんで、怒られちゃうんですかぁ？」

レイミは、言葉とは裏腹に、どこか人を小馬鹿にしているふうだった。

彼女の行動は、酒が入っているせいもあろうが少なくとも音菜を事務所の先輩として立てているとは思えなかった。

ただでさえ、この一年、モデル界でレイミは飛ぶ鳥を落とす勢いで頭角を現してきており、「グローバルプロ」でも音菜に続くナンバー2の扱いを受け期待されていた。

つまり、音菜の立場を脅かす最右翼の存在というわけだ。

「それが、失礼って言ってるのよっ。だいたいさ、挨拶ってね、プライベートの呑みの席に酔っ払って乱入してくるのが礼儀なわけ⁉」

相手がレイミでなければ、音菜もここまで感情的にはならなかっただろう。

もちろん、物凄い勢いで伸びてきている後輩モデルに、近い将来、エースの座を奪われるのではないかという不安がそうさせていることが一番だ。

しかし、それだけが理由ではない。

伸《の》し上がるためなら、レイミは平気でスポンサーや編集長クラスの権力者と「枕営業」をする女だ。

音菜も、自己中心的で傲慢で自信過剰の女だ。

だが、尻軽ではない。

音菜がいつも心がけているのは、「高い女」であるということだ。

仕事を貰うために、誰にでも肉体を開く「安い女」は最も軽蔑すべきタイプだった。

「まあまあ、音ちゃん、レイも悪気はないんだからさ、仲良く呑もうよ」

ケンが、音菜とレイミの間に割って入り取り成すように言った。

「ちょっと、このコの肩を持つ気⁉」

音菜は、視線をレイミからケンに移して剣呑な声音で問い詰めた。

「や、やだなぁ、音ちゃん。肩を持つわけじゃないよ。お、俺はただ……愉しい雰囲気を壊したくないだけだよ」

ケンが、しどろもどろに言った。

「前から気になってたんだけどさ、やけにレイミをプッシュしてない？　先月号の『スタイリッシュ』のグラビアも、私とページ数の差がなかったし。個人的に、なにかあるわけ？」

酔いが吹き飛んだだろうケンとは対照的に、音菜のアルコールは悪い循環で血液中を回り始めたようだ。

だが、悪酔いして絡んでいるのではなく、本当に疑っていることを口にしただけだ。

業界ナンバー1の売れ行きを誇る人気ファッション誌の編集長——ケンは、レイミが肉弾攻撃をかけるに格好の立場にある。

ケンもまた、「出版界の種馬」と異名を取るほどに女に手の早い男だ。

音菜も新人の頃、特集企画を餌に何度か誘われたが、すべて断った。

並の新人ならそのままフェードアウトしたかもしれないが、デビュー前から業界で注目され、期待の大型新人として事務所から猛プッシュされていた音菜はケンの力を借りることなく瞬く間にスターダムに駆け上がった。

レイミも、去年の「ジャパンモデルコンテスト」のグランプリに輝き、「ポスト音菜」として事務所から推されているので、本来なら、枕営業などやらなくてもある程度の出世コースは約束されている。

だが、野心家で強欲なレイミは、音菜を追い抜くためには手段を選ばずに仕事を取るような女だ。

「ちょっと、音ちゃん、そんなわけないじゃん。いくら音ちゃんでも、あんまりなことを言うと怒るよ」

笑ってはいるが、ケンの顔は強張っていた。

「音菜ちゃん、たしかにケンさんは女好きだしジゴロ崩れだし歩く生殖器かもしれないけど、それは言い過ぎやで」

亀山が茶々を入れると、それまでピリピリムードだった室内に笑いが起こった。

ケンも、救われたような安堵《あんど》の表情を浮かべていた。

さすがは売れっ子芸人だけあり、空気の動かしかたが絶妙だった。

「そうそう、ケンさんはキャバクラ嬢は手当たり次第口説いても、モデルには手を出さない。女子大生は口説いてもモデルには手を出さない。編集部の受付嬢は口説いてもモデルには手を……」

「おいおい、お前、いい加減にしろよ」

亀山の作った空気をさらに明るくしようと調子に乗る勝也に、ケンが笑いながら抗議した。

「みんな、なんなの！　わざとらしく和やかな空気にしようとしてさ！　この小娘を、追い出せばいいだけのことじゃないっ」

　せっかく亀山達が変えた空気を、音菜の金切り声が凍てつかせた。

「音ちゃん、悪酔いしてるんじゃない？　もしあれだったら、今夜はこれでお開きにしようか？」

　ケンが、音菜の顔色を窺うように怖々《おずおず》と訊ねた。

「こんな小娘に気を遣って、私を追い返そうっていうの!?」

　音菜の目尻は怒りに吊り上がり、唇は屈辱に震えていた。

「そ、そんなんじゃ……」

「もう、放っておけばいいんですよ。音菜さんは、私のこと嫉妬してるだけですから」

　慌てて否定しようとするケンを遮り、レイミが吐き捨てるように言った。

「はぁ!?　ふざけないでよっ。人気でも、仕事の数でもあんたより上の私が、どうして嫉妬するのよ！」

　音菜は、気色《けしき》ばんだ顔をレイミに向けた。

「たしかに、いまは、人気の面でも仕事の数でも、私より音菜さんのほうが上だと思います。だけど、それはいままでの話であって、これからは違います。人気も仕事の数も昔ほど開いてないし、はっきり言っちゃえば勢いは私のほうが上です」

　さっきまでの呂律《ろれつ》が怪しいほろ酔い加減のレイミから一転して、その口調はきっぱりとしたものだった。

もしかしたなら、酔っているふうだったのは、演技だったのかもしれない。

「まああまあ、音菜ちゃんもレイミちゃんもそんな熱くならんと、愉しい酒を……」

「誰に向かってもの言ってんの⁉　あんたが仕事増えてるのも、私のバーターのおかげじゃないっ」

ふたりの間に入り必死にその場をおさめようとする亀山を突き飛ばし、音菜はレイミに詰め寄った。

「勘違いしないでください。仕事が増えたのは、私の実力です。あの、もっと、現実をみたほうがいいですよ。『スタイリッシュ』の編集部にくるファンレターの数、最近では音菜さんより私のほうが多いみたいですよ。ねえ？　ケンさん」

レイミが、意味ありげな視線をケンに向けた。

「ケン、それ、本当なの⁉　っていうか、このコに、そんな話してるわけ⁉」

音菜はケンを振り返り、般若《はんにゃ》の如き形相で問い詰めた。

「い、いや……俺……そんなこと言ったっけな⁉」

ケンの瞳は泳ぎ、明らかに狼狽《ろうばい》していた。

彼のリアクションから、レイミが出任せを言ったのではないことが証明された。

内容から察して、ケンがどういうつもりでレイミにそんな話をしたのかだいたいの想像がついた。

「ケンさん、気にしないではっきり言ってくださいよ。これからは、レイちゃんの時代だよ、って言ってくれたことを」

レイミが、勝ち誇ったような眼で音菜を見据え薄笑いを浮かべた。

室内の空気が、レイミの爆弾発言で氷結した。

ケンはもちろんのこと、亀山、勝也、翔太が表情を失った。

「そう。そうなんだ。ケンの気持ちが、よくわかったわ」

音菜の顔が、般若から能面に変わった。

「違うって……違うよ、音ちゃん……」

「なにも違わないわ。ようするに、私からレイミに乗り換えようとしてるだけでしょう⁉」

慌てふためくケンを遮り、音菜は畳み掛けるように言った。

「乗り換えるだなんて、とんでもない。音ちゃんのおかげで『スタイリッシュ』は販売部数も飛躍的に伸びてるし、レイちゃんの出現で二枚看板として厚みを増したのも事実だし。俺にとっては、どっちを取るとか捨てるの問題じゃないよ」

「どっちか、取ってもらうわ」

音菜は、矢尻のような鋭い眼でケンを見据えた。

「え……」

「私とレイミ、どっちを『スタイリッシュ』の専属から外すか、この場で決めてっ」

「む……無茶だよ……勘弁してよ、音ちゃん」

ケンが、半べそ顔で懇願してきた。

「音菜ちゃん、とにかく、冷静になろう。とりあえず、座ろうよ」

肩にのせられた勝也の手を、音菜は振り払った。

「勝ちゃん、あなたもよっ」

「ん？」

勝也が、呆《ほう》けた顔で首を傾げた。

「今後一切、レイミと一緒のファッションショーには出ないから！　私に出演してほしいなら、二度とこのコをキャスティングしないことねっ」

「そ、そんな……」

勝也が、表情を失った。

「あんた、いい加減にしなよっ。おばさんのヒステリーはみっともないんだよ！」

それまでの口調と一変したレイミが、音菜に激しく食ってかかってきた。

「はぁ!?　誰がおばさんよ！　私の光で照らされてるだけのイミテーションの小娘が、えらそうな口を叩くな！」

音菜は、怒声とともにテーブルに載るシャンパングラスを手に取りレイミの顔に浴びせかけた。

「なにすんのよ！」

すかさず、レイミが音菜の頬《ほお》を張った。

音菜の脳奥で甲高い金属音が鳴り、目の前が白く染まった。

気づいたときには、音菜の十指はレイミの髪を摑み、レイミも音菜の髪の毛を摑んでいた。

「ふたりとも、喧嘩はあかんて……やめなはれって……」

制止に入る亀山の顔面に、レイミと揉み合う弾みで音菜の肘が直撃した。

「痛《いて》てて……」

鼻を押さえて苦悶する亀山に眼もくれず、音菜とレイミはキャットファイトさながらに髪を引っ張り合いながらソファに倒れ込んだ。

上になった音菜は、レイミの頬を張り飛ばした。

負けじと、レイミの張り手も飛んできた。

ふたりのど迫力に気圧《けお》された翔太は、呆然《ぼうぜん》と立ち尽くしているだけだった。

ケンも勝也も、やめろ、と口にしているものの、揉み合うふたりに近づこうとはしなかった。

「おふたりとも、やめてください！」

勢いよく開いたドアから飛び込んできたふたつの影――マネージャーの久保が音菜の、佐竹がレイミの腕を押さえた。

「放してっ、放しなさいよ！」

音菜は、上半身を捩《よじ》り、足をバタつかせて激しく抵抗した。

「久保さん、音菜さんをお願いします！」

起き上がり音菜に突っかかろうとするレイミにしがみつく佐竹が、久保に向かって叫んだ。

「音菜さん、行きましょう」

久保が、音菜の身体《からだ》を軽々と抱え上げ、従業員通路に向かった。

マネージャーだけでなくボディガード役も兼ねている久保は中学、高校、大学と柔道部に所属し、百八十センチ、百キロの巨漢だった。

「レイミっ、覚えてなさいよ！　あんた、必ずクビにしてやるから！」

音菜のヒステリックな金切り声が、従業員通路に狂気的に響き渡った。


「いつまでついてくる気よ！」

ひっそりと静まり返った代官山の高級住宅街——深夜の静寂を、音菜の怒声が切り裂いた。

「ドアの前まで、送ります」

久保は物静かな口調とは裏腹に、音菜の腕をガッチリと摑み、高級マンションのエントランスに足を向けた。

オートロックのタッチパネル――九〇六号室のインタホンを押した。

『はーい』

スピーカーから流れる明るい声が、音菜の神経を逆撫でした。

「夜分遅くにすみません。久保です。ひどく酔われているので、音菜さんをお連れしました」

『あ、わざわざすみません』

モータ音とともに、オートロックのガラスドアが開いた。

「もう、ひとりで行けるってば！」

「わかってます。念のためです」

久保は音菜の訴えを聞き流し、エレベータに乗り込んだ。

「あんたさぁ、こんなことしてる暇あったら、さっさと社長に連絡して、レイミをクビにするように言いなさいよ！」

「今夜はもう遅いので、明日、朝一番に連絡します」

「なに呑気なこと言ってんのよ！　私は、あの小娘に侮辱されたのよ⁉」

「わかってます。ですが、社長は、もう、お休みになっていると思いますので、明日、必ず今夜の件を伝えますから」

「電話かければ起きる……」

「さ、着きました」

久保は抑揚のない声で遮り、エレベータから音菜を引っ張り出した。

「ちょっと、痛いじゃないっ。逃げないから、いい加減、放してよ！」

音菜は、思い切り久保の胸を叩いたが、ゴリラ並みに分厚く隆起した大胸筋はビクともしなかった。

九〇六号室のドアが、いきなり開いた。

「すみません、ご迷惑おかけしちゃって」

ドアから出てきた秀が、申し訳なさそうに頭を下げた。

「音菜さん、かなり悪酔いなさってます。お店で、ちょっと揉めまして。少し、強引に連れてきてしまいました。申し訳ありません。あとは、よろしくお願いします」

久保は、音菜をドアの中に押し込むと大きな身体をくの字に曲げた。

「本当に、すみません。ありがとうございました。大丈夫？　お腹、減ってない？」

久保を見送りドアを閉めると、秀が優しく微笑み訊ねてきた。

「減ってるわけないでしょ！　胸がムカムカ気分悪いんだからっ」

音菜は秀に吐き捨て、白いフローリング仕上げの三十畳のリビングにふらつく足取りで向かった。

リビングには、モダンイタリアンの真紅のソファ、百インチのテレビ、ドイツ製の高級オーディオセットが優雅に設置されていた。

ほかに十五畳と十畳の洋室がある家賃五十万の高級マンションで、同じマンションには有名なアーティストや俳優が何人も住んでいる。

音菜は靴のままリビングに入り、ソファに仰向けになった。

「水を飲んだら少しはすっきりするかもよ」

音菜の目の前に、グラスが差し出された。

「いまは、なにも口に入れたくないんだって！」

「わかった。じゃあ、ここに置いておくから飲みたくなったら飲みな」

秀は、帰ってくるなり怒鳴りっぱなしの音菜に気を悪くしたふうもなく、水の入ったグラスをガラステーブルに置いた。

「ほらほら、しょうがないな。靴を脱がなきゃ」

優しく言いながら、秀が音菜のハイヒールに手をかけた。

「どうして、なにも聞かないの⁉　誰と揉めたのか、とかさ、気にならないわけ⁉」

音菜は上半身を起こし、秀に食ってかかった。

「そりゃ、気になるさ。でも、言いたくないことかもしれないし、君から話してくるまで待とうと思って」

ウェーブのかかった長髪を掻《か》きあげ、秀が眼を細めた。

笑うと眼がなくなる秀の笑顔が音菜は好きだったが、いまは、いら立ちに拍車をかけた。

「あんたさ、なんで、いつもそうなの⁉　こんだけ私に怒られてさ、馬鹿みたいにニコニコしててさ、男としてのプライドはないわけ⁉　それとも、稼ぎがなくて私に養われてるから遠慮してるの⁉」

言い過ぎている……レイミとのイザコザの腹立ちを八つ当たり的にぶつけている、とわかっていたが、暴走する侮辱の言葉が次々と口から溢れ出てきた。

「遠慮なんて、してないよ。ただ、外でいやなことがあったんだろうから、せめて、家では安らいでほしいなって思ってるだけさ」

無理をしているふうもなく、秀は穏やかな口調で言った。

いつでも、秀はそうだった。

音菜の気持ちを優先し、音菜のことを考え、音菜のために尽くしてくれる。

そんな秀の人間的な懐の深さが、自我を守るためにレイミと醜い争いを繰り広げてきたいまの音菜には苦痛でしかなかった。

「売れないアーティストのくせに、なにかっこつけたこと言ってんのよ！　みんなが、私達のことなんて言ってるか知ってる⁉　音菜ちゃんには不釣合だから、もっと相応しい男をみつけたほうがいいってさ！」

音菜は、叫ぶように言うと脱いだハイヒールを秀の顔面に投げつけた。

秀の額に、うっすらと血が滲《にじ》んだ。

「うん、みんなが言うとおりかな。俺には、音菜はもったいないかもしれない」

ふて腐れたふうではなく、ひと言、ひと言、噛み締めるように言葉を紡ぐ秀を正視することに耐えられなくなった音菜は、視線を逸らした。

厳しい形相とは裏腹に、音菜の心は罪悪感と悔恨の念に破れてしまいそうだった。

3

携帯電話の着信メロディで音菜は目覚めた。

うっすらと眼を開けた。

見慣れた黒のシルクのベッドカバー、揃いの黒のカーテン、寄り添うように転がる黒豹のぬいぐるみ——たしか、昨夜は、秀に当たり散らし、リビングのソファで酔い潰れたはずだ。

秀が、運んできてくれたに違いない。

二日酔いで、頭が割れそうに痛んだ。

執拗《しつよう》に鳴り続ける着信メロディが、音菜のこめかみに突き刺さる。

音菜は、気怠《けだる》げにヘッドボードの携帯電話を手探りで摑んだ。

液晶ディスプレイに浮くケンの名前をみて、音菜は小さくため息を吐きながら通話ボタンを押した。

「はい……」

声を出すだけで、ムカムカと吐き気がした。

『よかった……連絡がついて。音ちゃん、大丈夫か？』

「ううん、二日酔いがひどくて……最悪だわ」

音菜は、ゆっくりと上半身を起こしながら掌《てのひら》に額を預けた。

『昨夜は、ずいぶん、酔ってたもんな。なんだか、悪かったな。音ちゃんを、いやな気分にさせたみたいでさ』

ケンが、機嫌を伺うように怖々《こわごわ》と言った。

「……私のほうこそ、悪かったわ。ほんと、悪酔いしちゃって。愉しい場を、台無しにしちゃってごめんなさい」

音菜は、断続的に襲ってくる吐き気に抗《あらが》いつつ、しおらしい詫《わ》びの言葉を口にした。

いくら、泣く子も黙る売れっ子モデルの自分でも、国内最大の部数を誇る大手ファッション誌の編集長との関係を悪化させるのは得策ではない。

素面《しらふ》になった音菜には、したたかな計算ができるだけの冷静さが戻っていた。

『いやいや、音ちゃんが謝ることはないよ。たしかに、レイもいきなりＶＩＰルームに押しかけてきて、失礼だったと思うしね。ところで、そのレイのことなんだけど、「スタイリッシュ」から外してほしいって話さ、あれ、本気じゃないよね？』

相変わらず、ケンの訊ねかたは恐る恐るといった感じだった。

音菜は、ヘッドボードからミネラルウォーターのペットボトルを手に取り喉を潤し、気を静めた。

「本気よ」

音菜は、低く短く言った。

『音ちゃん、気持ちはわかるけど、それは無理だよ』

「ケンは編集長なんだから、モデルひとり外すくらい無理じゃないでしょう？」

『いくら編集長でも、そんな好き勝手はできないよ。それに、ひとり外すくらいって言うけど、レイは音ちゃんほどではないにしろ売れっ子なわけだから。おたくの事務所の社長を敵に回したくないしね』

ケンが、怖気《おじけ》づくのも無理はない。

音菜とレイミが所属する「グローバルプロ」の代表である世良は芸能界に多大な影響力を持ち、テレビ局がドラマ枠に「グローバルプロ枠」を設けるほどだ。

ドラマや映画だけでなく、音楽業界も根底で支配している。

暮れの音楽祭の賞レースのシーズンが近づくと、アーティストを抱える所属事務所のスタツフが、雁首《がんくび》揃えて世良詣《もう》でをするという絶対権力者ぶりだ。

ケンの言うとおり、いきなりレイミを「スタイリッシュ」から外したりすれば、世良の逆《げき》鱗《りん》に触れ大変なことになる。

だが、そんな暴君であり独裁者である世良を唯一、コントロールできるのが音菜だった。

「その点は、心配しないで。社長には、ケンが悪くならないように私から言っておくから」

音菜は、幼子にそうするようにケンに言い聞かせた。

もう少ししたら、昨夜のトラブルを久保から報告を受けた世良が、レイミになんらかの処分を与えるはずだ。

レイミが飛ぶ鳥を落とす勢いだと言っても、ふたりの事務所への貢献度は比べものにならない。

『……そういう問題じゃないんだよ』

ケンが、苦しそうに言葉を絞り出した。

『「スタイリッシュ」の「顔」は、もちろん音ちゃんさ。これまで、音ちゃんのおかげで部数も飛躍的に伸びてきた。本当に、感謝してるよ。だけど、近年の出版不況で、うちも楽じゃないんだ。いや、誤解しないでほしいんだけど、音ちゃんのせいじゃないよ。でも、新しい顧客層を開拓しなければならないのも事実で……だから、レイを外すわけにはいかないんだ。彼女は、これまでのウチの顧客層にはいなかった層を引っ張ってきてるからね』

音菜を立ててはいるが、結局はレイミがいなければやってゆけないということを言っているに過ぎない。

プライドが、音を立てて崩れるのが聞こえた。

「これ以上、話しても無駄ね。いいわ。私が、直接、社長にかけ合うから」

『ちょっと、音ちゃん……』

慌てふためくケンの声を遮り、音菜は電話を切った。

すぐにケンから電話が入ったが、音菜はマナーモードに切り替えベッドルームを出た。

足を踏み出すたびに、頭がズキズキと痛んだ。

「おはよう。具合は、どう?」

パウダールームに向かう音菜に、ダイニングキッチンから顔を出した秀が声をかけてきた。

「最悪」

音菜は秀の顔をみようともせず吐き捨てるように言うと、パウダールームのドアを開けた。

二日酔いに加え、ケンの電話がダメ押しになり最悪の朝を迎えた。

「朝ごはん、用意できてるからね」

秀の声を遮断するようにドアを閉めた。

パウダールームは六畳ほどのゆったりとしたスペースがあり、床は大理石張りだ。

音菜は椅子に座り、テレビ局のメイクルーム並みの大きな鏡に向き合った。

鏡の下には、備えつけの照明以外に、音菜が後づけしたスポットライトが光を放っていた。

音菜は、コラーゲン含有のマッサージクリームを指で掬《すく》い、顔全体に薄くのばした。

揃えた両手の人差し指と中指で耳のつけ根を押さえ、頬、首の順に下に滑らせ、鎖骨の窪《くぼ》みで止めることを三度繰り返した。

次に、口角を下から顎《あご》のラインに沿って押し上げ、耳のつけ根まで滑らせると、ふたたび鎖骨の窪みまで下ろすことを五度繰り返した。

小鼻のつけ根に当てた指を頬から耳のつけ根まで水平に滑らせ鎖骨の窪みに下ろすことを三度繰り返した。

額の中央に当てた指を左右のこめかみに向けて水平に滑らせ、直角に下に滑らせ、鎖骨の窪みに下ろすことを五度繰り返した。

これはリンパマッサージで、老廃物を排出する効果があり、マッサージ後は顔がひと回り小さくなった印象になる。

音菜は、どんなに寝覚めの悪い朝でも、毎日十分のリンパマッサージを欠かさない。

とくに、昨夜のように呑んで帰ってそのまま酔い潰れて寝てしまった翌朝は、入念なマッサージを施す。

リンパマッサージを終えると、次はゲルマニウムの美顔ローラーを使って首の皺《しわ》とほうれい線を中心にマッサージをした。

このふたつの皺が目立つと、どんなに若作りをしていても老けた印象を与えてしまう。

アンチエイジングにおいて、最大の天敵だ。

音菜は、この美顔ローラーを使ってのマッサージを、テレビを観ているときや入浴の際、または現場で待ちの時間など、少しの暇をみつけては行っている。

美顔ローラーの次は、スチームだ。

音菜は、トースターほどの大きさのスチーム器に水を入れスイッチを押した。

スチーマーから噴霧されるナノイオンの粒子が、毛穴の奥に入り込み細胞の隅々にまで浸透してゆく。

リンパマッサージと美顔ローラー、そして十分間のスチームというのが、音菜の朝の日課だった。

どんなに時間がなくても、手を抜くことはしない。

いくつになっても若く美しくいることが音菜の使命であり、永遠のテーマだった。

「美」を保てなくなった瞬間に、たとえ二十代であっても福山音菜の人生は終わる。

そういうことに関しての危機感は、尋常ではなかった。

じっさい、半年前までは視界に入らなかったレイミという存在が、音菜にとって脅威の対象になりつつあった。

スチーマーのスイッチを切り、音菜は洗顔石鹸《せっけん》を手にした。

ただの石鹸ではなく、一個一万円近くする高級品だ。

この石鹸には、ノーベル化学賞を受賞した科学者が開発したフラーレンという化合物が入っている。

フラーレンには老化の大敵である酸化と、肌細胞を破壊する活性酸素を食い止め、除去する作用がある。

抗酸化作用においては、ビタミンCの約百二十五倍の効果が、プラセンタの八百倍以上のコラーゲン生成促進作用と保湿力があると言われている。

さらに、フラーレンには、紫外線による黒色メラニンの産生を減少させる効果もある。

このフラーレンと、保温、保湿をはじめとする美容効果のある蜂蜜《はちみつ》を配合して作られているので、高価な金額になっているのだ。

石鹸に一万円——一般人には、到底理解できない感覚だろう。

音菜もまた、モデルという仕事でなければそんな買い物はしない。

化粧品にしても、化粧水からファンデーションまで一式揃えれば三十万はかかってしまう。

ほかにも、エステ、加圧トレーニング、ジムなど、「美」を維持するための出費は月に百万を超える。

音菜の年収が億を超えるといっても、衣装代、高級マンションの家賃、交遊費などもあるので、周囲が考えているほど余裕なわけではない。

だが、音菜に不満はない。

貯金数億の平凡な顔立ちの女性より、迷わず音菜は、貯金数万であっても飛び切りの美貌を持つ女性の人生を選ぶ。

「今日も、私はため息が出るほど美しい。モデル、女優、アイドル……華があると言われる女性達も、私と並ぶと光を奪われ、平凡で地味な存在になってしまう」

洗顔を終えた音菜は、鏡の中――顔がシャープになり血色と肌艶《はだつや》がよくなった自分に、「魔法の言葉」をかけてにっこりと微笑むとパウダールームを出た。

「はい、どうぞ」

ダイニングキッチンに入ると、腰にエプロンをつけた秀が手馴れた仕草で炭酸水のペットボトルを手渡してきた。

音菜は、朝食時には必ず炭酸水を飲んでいる。

近年、美容にいいということが科学的に立証され、若い女性達の間で炭酸水がブームになっているほどだ。

音菜は、無言でペットボトルを受け取ると一気に半分ほど流し込んだ。

炭酸水は腹が膨れるので、食欲が抑制されダイエット効果がある。

加えて、胃壁が炭酸によって刺激されることで腸の運動が活発になり、便秘が解消し肌艶もよくなるといいことずくめだ。

「今朝は、『新顔』も加えてみたよ。さ、早く座って」

秀が、にこやかな笑顔で、ガラスの器を席に着いた音菜に差し出してきた。

ガラスの器の中には、カボチャ、アボカド、アーモンドを和《あ》えたものに緑のネバネバした野菜がかけられていた。

カボチャとアボカドには「若返りのビタミン」と言われるビタミンEと美肌効果が高いビタミンCが、アーモンドには脂質、糖質などを分解し、ニキビを防ぎ老化物質を排除する働きのあるビタミンB_2が多く含まれている。

因《ちな》みに、アーモンドはポリフェノールをより多く摂取するために皮つきのものだ。

なので、カボチャ、アボカド、アーモンドは音菜の朝の食卓には必ず並べられている「常連」だ。

「このネバネバ、オクラじゃないよね？」

初めて、音菜は秀の眼をみてまともに話しかけた。

「モロヘイヤだよ」

「あー、なるほど。気が利くじゃない」

モロヘイヤと聞いて、音菜のテンションが上がった。

様々な野菜がアンチエイジング食品として有名だが、モロヘイヤは次元が違う。

モロヘイヤに含まれているカロチンは、ホウレンソウの約五倍、ブロッコリーの約二十倍、カルシウムはホウレンソウの九倍、ブロッコリーの十倍も含まれている。

ビタミンB群……B_1、B_2がホウレンソウの五倍、ビタミンC・E、カリウム、鉄分などはほかの緑黄食野菜に比べて、それぞれ数倍の量が含まれているという、原産国のエジプトでは「王様の野菜」と呼ばれている。

「音菜が喜ぶと思って、いろいろ勉強したんだよ」

秀が、子供のように無邪気に破顔した。

秀にとって、これくらいのことは日常茶飯事だ。

音菜が生理前に顔が浮腫《むく》んだりしたときに二時間近く全身マッサージをしてくれたり、夜中に思いつきで半身浴をしたくなったときに熟睡していても起き出して浴槽を掃除してくれたり、すべてを音菜中心に考えてくれている。

建設現場の日雇い労働者として働いている秀は、どんなに仕事で疲れていても音菜への献身を欠かさない。

そんな秀だからこそ、甲斐性のないヒモみたいな男だと言われても、別れる気にはなれないのだった。

ビジュアルも、イタリア系のハーフのような顔立ちをしており、それなりの格好をすればモデルといっても通用する。
献身的で、容姿端麗で……これで稼ぎがあれば、完璧な彼氏だった。
だが、音菜が秀に惹《ひ》かれた理由は、もっと別にあった。

——こんな薄汚いところで、よく呑めますよね～。なんか、おしっこ臭くないですかぁ？

いまから一年前。新宿西口に立つ高層ホテルのラウンジバーで行われた先輩モデル——ナオミの誕生パーティーの二次会の帰り道、泥酔した音菜とナオミのふたりは、街をふらついているうちにバーや屋台が密集する裏路地に迷い込んだ。
ふたりがいつも顔を出すような麻布や六本木の華やかで洒落た雰囲気とは対照的な、うら寂しい飲み屋街だった。

——ホームレスとか酔っ払いが立ちションしてんじゃない？

普段は品のいいセレブモデルとして売っているナオミの下品な言葉遣いが、音菜のツボに嵌《はま》った。

音菜はバラエティ番組の雛壇《ひなだん》に座るグラビアアイドルさながらに、胸前で手を叩き大口を開けて笑った。

百七十センチ近いスタイル抜群で美貌のふたりが大衆酒場が密集するゴミゴミとした路地で馬鹿騒ぎする様は、いやでも目立った。

千鳥足のサラリーマンや作業服を着た赤ら顔の男達が、露骨なまでの好奇な視線を音菜とナオミに向けてきた。

——今夜のケンちゃんさ、いつもよりパワーアップしてなかった？

ナオミが立ち止まり、煙草に火をつけながら二次会の話を振ってきた。

——ですよねぇ〜、ボーイさん、同じ質問何十回もされて、引きつってましたよね？

音菜は、ケンに絡まれ困り果てたボーイの顔を思い出し、ツボに嵌ったままのテンションで、腹を抱えて笑った。

——彼もねぇ、あの酒癖の悪さがなけりゃ悪い奴じゃないんだけどさ。

——それじゃ、まるで、ナオミさんみたいじゃないですか！

酔いも手伝い音菜は、五歳も上の事務所の先輩に悪乗りしたツッコミを入れた。

——あら、セレブモデルのナオミさんが、ケンちゃんみたいに悪酔いしてるっていうの？こ～んなふうに⁉

ナオミが、高笑いしながら火のついた煙草を路上に放り捨てた。

——もう～ポイ捨ては駄目ですってぇ～。写真週刊誌に撮られちゃったらどうするんですか！

音菜は、路上に転がる煙草をヒールの爪先で蹴り飛ばした。

——あんたこそ、「トップモデルの本性」って、巻頭ページに載っちゃうわよ！

ナオミが、音菜の肩を抱き寄せ大爆笑した。

——私の仕事がなくなったら、先輩、責任取って……。

不意に、音菜の目の前に煙草の吸殻が差し出された。

吸殻を持っていたのは、音菜よりいくつか上にみえる見知らぬ青年だった。

——なによ？

——こんなとこに、捨てちゃだめだろ。

青年は、強い光の宿る瞳で音菜をまっすぐにみつめてきた。

——は⁉　あんた、誰よ？

——あんたらには小汚い場所でも、ここで夢を語り合い呑んでる奴もいるんだ。いままでに、この飲み屋街からいろんなアーティストや作家が生まれた。俺も、この店でバイトしながらミュージシャンを目指してるんだ。

青年が、背後のみすぼらしいバーの看板を指差しながら言った。

突然、ナオミが怪鳥《けちょう》のようにけたたましく笑った。

——こんな貧乏臭い安酒場でフリーターしてるあんたが、ミュージシャンですって⁉ 音菜、笑っちゃうよね⁉

ナオミに振られたが、青年の朴訥《ぼくとつ》な口調と真摯《しんし》な瞳をみていると、音菜は笑えなかった。

——ナオミさん、こんな奴相手にしないで行きましょう。

音菜は青年から煙草の吸殻をひったくるように取ると、ナオミの腕を引き踵《きびす》を返した。

口では青年を蔑むような言いかたをしていた音菜だったが、内心、衝撃を受けていた。

ペットボトルのキャップを開けてくれストローを挿してくれるスタッフに囲まれた生活が日常の音菜には、叱ってくれる人間はおろか、注意を促す人間もいなかった。

そんな音菜にとって、真っ向から自分を叱ってくれた青年の存在は強烈に心に刻み込まれた。

翌日、ふたたび音菜は前夜に行った飲み屋街に足を運び、青年がバイトしていると言っていたバーに入った。

——いらっしゃいま……ああ、君か。

グラスを磨いていた青年が、少しだけ驚いた顔を音菜に向けた。

店内は五坪ほどの細長い造りになっており、客席は五人も座れば満席になりそうなカウンターがあるだけだった。

——昨日は、悪かったわね。お詫びに、あなたが行ったことのないような高いお店に連れてってあげるから、つき合いなさいよ。心配しないでも、私が奢《おご》ってあげるから。

謝ってはいるが、音菜の物言いはかなり上からのものだった。

——お詫びなんていらないけど、せっかくきてくれたんだから、ここで呑もうよ。今夜は日曜でお客さんもこないだろうし、あと一時間くらいで店じまいだからさ。

青年が、昨日とは打って変わった人懐っこい笑顔で言った。

——じょ……冗談でしょ⁉　私に、こんな店で……。

——あれをみてごらん。

音菜を遮った青年が、サインで埋め尽くされた壁を指差した。

——芥川賞を取った作家も、いまでは武道館を満員にするアーティストも、売れない頃は、この店に通っていたんだよ。もちろん、二十年くらい前の話だから、俺はその頃、よちよち歩きの幼子だけどね。

——そんなの、たまたまじゃないの？

憎まれ口を叩きながら、音菜はカウンター席にハンカチを敷いて座った。

——この店の名前、知ってる？

——え……？　「志」でしょう？

音菜は、怪訝そうな表情で訊ね返した。

——そう、「志」。自分は必ず、夢を実現する。そういう強い志がなければ、この店にきただけじゃ夢を叶えることはできないだろうね。

青年……秀の希望に輝く瞳が、昨日のことのように音菜の記憶に蘇《よみがえ》った。

「ねえ、私のどこを好きになったわけ？　顔？　それとも、売れっ子モデルだったから？」

思い出の旅の続き——音菜は、洗い物をしていた秀に問いかけた。

「急に、どうしたのさ？」

エプロンの裾で手を拭いつつ、秀が音菜の隣りの席に座った。

出会いのとき、音菜は秀からみて最悪な女だったはずだ。

いや、交際が始まってからも、同棲してからも、音菜は業界関係者と派手に遊び回り、秀にたいしては我がまま勝手に振舞うか罵倒するしかしなかった。

そんな女の、どこを好きになったのか……音菜には、まったくわからなかった。

「いいから、答えてよ」

「純粋なところだよ」

秀は口もとに微笑みを湛《たた》え、音菜をみつめた。

「秀にひどいことばかり言う私が、純粋⁉」

まったく予期していなかった秀の言葉に、音菜は素頓狂《すっとんきょう》な声をあげた。

「ああ、君は心のままに動き過ぎる。だから、人に誤解されるし、敵も多い。でも、俺は音菜が誰よりも正直で純粋なコだってことを知っている」

「勝手に、知ったかぶりしないでよ」

音菜は吐き捨てたものの、内心、とても嬉しかった。

しかし、その気持ちを素直に顔に出すことが、音菜にはできなかった。

頑なな自分に、音菜はほとほと嫌気がさした。

同時に、こんな自分を理解し、深い愛情を注いでくれる秀にたいして申し訳ない気持ちで一杯になった。

秀に、愛情を返せないことに……。

「世界中の人間が音菜の敵になっても、俺だけは君の味方だから」

「秀……」

携帯電話に着信があった。

『俺だ』

電話に出た音菜は、かけてきた相手が世良だと知りほくそ笑んだ。

世良と電話で話すこと自体は珍しくはないが、午前中にかけてくるときは相当に重要なときだけだ。

「お疲れ様です。どうしたんです？　こんなに早い時間に」

音菜には、久保から報告を受けた世良が慌てて詫びの電話をかけてきただろうことがわかっていたが、惚《とぼ》けてみせた。

『レイミの件だが……』

「なんです？」

あくまでも、音菜は素知らぬふりを続けた。

レイミ――馬鹿な女だ。

少し売れたくらいで天狗《てんぐ》になった愚かさを、思い知るがいい。

『レイミを、事務所に呼んでいる。すぐに、お前もきて、仲直りするんだ』

「えっ……」

一ミリも頭になかった世良の発言に、音菜は絶句した。

フォークを持つ手が、小刻みに震えた。

目の前で秀が、心配そうに音菜の様子を窺《うかが》ってきた。

「ど、どうして……あんな小娘と私が、仲直りしなきゃいけないのよ……」

我を取り戻した音菜は、動揺と激憤にうわずり掠《かす》れる声を送話口に送り込んだ。
赤く燃える視界——フォークを突き立てられたガラスの器が、派手な破損音とともに砕け散った。

4

音菜は、タクシーの運転手に千円札二枚を放り投げるようにして後部座席から飛び出すと、外壁が鏡張りのビル——世良自慢の「グローバルプロ」の自社ビルに駆け込んだ。

エレベータに乗り、社長室のある十階のボタンを押した。

階数ランプが上昇する間、音菜はいら立たしげにヒールで床を刻んだ。

到着までのたった十数秒が、十分にも一時間にも感じられた。


——レイミを、事務所に呼んでいる。すぐに、お前もきて、仲直りするんだ。

世良の声が、音菜の脳裏に蘇った。

「どうして、私が謝らなきゃならないのよ！」

音菜は、エレベータの壁にシャネルのショルダーを叩きつけた。

扉が開いた。

音菜は、まるで親の仇のもとに向かうかのように、険しい表情で社長室に向かった。

「失礼します」

音菜は、怒りを押し殺し、社長室のドアを開けた。

ノックもなしにいきなりドアを開けることを許されているのは、音菜くらいしかいない。

「おう、待ってたぞ。早く、こっちに座れ」

豹の毛皮の敷かれたひとり掛けのソファにどっかりと腰を下ろした世良が、ゴルフ焼けした顔を音菜に向けて手招きした。

レイミは、まだ到着していないようだった。

「社長、レイミがなにをしたか、久保からちゃんと聞いたんですか⁉」

音菜は、ソファに座るなり世良に訊ねた。

「ああ、お前らが呑んでるところに酔っ払って現れたんだろう？」

世良は、葉巻タイプのシガレットに火をつけながら、それがどうした？　といわんばかりの顔で訊ね返してきた。

「ベロベロに酔っ払った状態でＶＩＰルームに入ってきたレイミに、絡まれたんですよ⁉

先輩なら、まだ我慢もします。だけど、後輩にそんな礼儀知らずのことをやられたら、私だって我慢できません」

「気持ちはわからんでもないが、お前が先に手を出したんだろう？」

気持ちはわからんでもない、と言いながら、世良のレイミを庇うような発言で音菜のいら立ちに拍車がかかった。

「それだけ、レイミの行動がひどかったという証拠です。社長もあの場にいたら、彼女を怒鳴りつけていたと思いますよ」

音菜は、必死に怒りを静め、冷静な口調で言った。

久保やケン相手なら、感情の赴くまま怒鳴り散らしているところだ。

いくら、音菜にたいしてだけは「特権」を認めてくれているとはいえ、相手は、芸能界のドンと言われる大物社長だ。

なにより、世良にはレイミにたいして厳罰を下してもらわなければならない。

「お前も、過去に何度も先輩モデルにつっかかったじゃないか。撮影現場でミナミのほうが先にメイクに呼ばれたからって、メイクルームに乗り込んでペットボトルの水をぶっかけたり、忘年会で真紀がお前の持ち歌を歌ったからっていきなり髪の毛を引っ張ったり……俺が覚えてるだけでも、先輩モデルとのトラブルは五回以上ある。忘れたのか？」

世良が、窺うように音菜を見据えてきた。

ノックの音に続き、レイミが入ってきた。

「おう、きたか。こっちに座れ」

世良が、音菜の対面のソファを促した。

「あんたさ、なに遅れてんのよ⁉」

音菜は、挨拶もせずに目の前を素通りするレイミに食ってかかった。

「私、時間どおりにきてますから」

ソファに座ったレイミは、ふてぶてしく足を組み顔を背けながら言った。

「ちょっと、先輩にたいして、その態度はなんなのよ⁉」

「おいおい、ここで喧嘩はやめろ。それより、さっきも言ったとおり、お前自身も、過去にレイミと同じようなことをやってるだろうが。そのへん、大目にみてやれよ」

世良が割って入り、音菜を窘《たしな》めた。

「私のときは、私より売れてない先輩にたいしての場合なので、今回のレイミの件とは違います」

音菜は、自信満々に言った。

ミナミも真紀も、中年層向きのカタログ販売のモデルをやっているような二流だ。

先輩といっても、海外の一流ブランドメーカーからオファーが殺到する自分とは格が違い過ぎる。

「芸能界は年功序列ではなく、実力主義ってことか？」

「社長はいつも、そう言ってますよね？」

音菜は訊ね返しながら、世良を見据えた。

「ああ、たしかにな。だから、和解しろと言ってるんだ」

「え？　それは、どういう意味ですか⁉」

「芸能界は年功序列じゃなく、実力主義。レイミの業界内での評価は、お前と匹敵するほどに高くなっている。お前らふたり、俺にとってはどっちも大事な商品だ」

「お言葉ですが、納得できません！　レイミに勢いがあるのは認めますっ。でも、実績をみて貰えれば、私と彼女の差は歴然としてることがわかります！」

音菜は血相を変え、世良に抗議した。

「お前の言うとおりだ。ただし、それはキャリアの差だ。レイミの仕事は、これからどんどん増えるだろう。音菜。ふたりで、『グローバルプロ』を引っ張って行ってくれ」

「冗談じゃありません！　レイミと同格に扱われるなんて、私のプライドが許しませんっ」

音菜は、応接テーブルに掌を叩きつけて訴えた。

あまりの怒りに、頭の血管が破裂しそうだった。

「なら、どうしろと言うんだ？」

世良が、困り果てた顔で訊ねてきた。

レイミの存在がどれほど大きくなろうが、自分には遠く及ばない。

百歩譲って彼女が「スター」なら、音菜は「スーパースター」……自分とレイミには、それくらいの開きがある。

究極の選択になれば、世良が選ぶのは自分だという自信があった。

「この女に、土下座させてください。そしたら、今回だけは眼を瞑ってあげます」

音菜は、レイミを睨《にら》みつけながら言った。

寛容な対応だと思う。

本来なら、間違いなくレイミの解雇を迫るところだった。

音菜がそれをしなかったのは、世良の顔を立てるためだ。

「は？　なに言ってるの⁉　先に手を出したのは、あんたでしょうが！」

気色ばんだレイミが、激しく音菜に嚙みついてきた。

「土下座くらいで許して貰えるんだから、ありがたいと思いなさいよっ。私に盾突《たてつ》くなんて、本当ならクビでも文句言えないんだからね！」

レイミに負けないくらいの怒声を、音菜は浴びせかけた。

「喧嘩はやめろと言ってるだろ！」

業を煮やした世良が、野太い声でふたりを一喝した。

「社長、この女の態度みました？　先輩でもあり事務所の看板モデルの私にたいして、これだけ悪態を吐《つ》くんですよ？　ほかの所属タレントに示しをつける意味でも、レイミにきっちりケジメをつけさせてください」

音菜は、呆れた表情で言うと肩を竦めてみせた。

レイミの言いぶんしか聞いてなかった世良も、彼女の傍若無人な言動を目《ま》の当たりにして、音菜の主張が正しいことがわかったに違いない。

「握手しろ」

「え⁉」

低く短く言う世良に、音菜は眼を剝《む》いた。

「握手しろと言ってるんだ」

「社長っ、どうしてですか⁉　どうして仲直りしなきゃならないんですかっ。悪いのはレイミです！」

音菜は席を立ち、猛抗議した。

「喧嘩両成敗だ。どっちがいいも悪いもない。握手をするんだ」

世良が、威厳に満ちた表情で言った。

「握手なんて、いやです」

音菜に、退《ひ》く気はなかった。

「これは、命令だ」

世良の瞳に、険しい光が宿った。

「どうしてもこの女と仲直りしろというのなら、私、『グローバルプロ』を辞めます」

音菜は、伝家の宝刀を抜いた。

本当は、この手段を使うつもりはなかったが、世良も相当にハラを決めて話し合いに挑んできているので、仕方がなかった。

「いま、なんて言った？」

世良の下瞼《まぶた》が、小刻みに痙攣《けいれん》していた。

無理もない。

年に億単位の利益を運ぶドル箱タレントが事務所を辞めると言い出したのだから。

「レイミが土下座して謝らないなら、事務所を辞めると言ったんです」

「なら、辞めるがいい」

「え……」

微塵にも頭になかった世良の言葉に、音菜は絶句した。

百パーセント、動揺する世良の姿を思い描いていた。

百パーセント、狼狽する世良の姿を思い描いていた。

百パーセント、懇願する世良の姿を思い描いていた。

予想は外れた。

目の前の世良は、眉ひとつ動かさずに据わった眼を音菜に向けていた。

「私、事務所を辞めるって言ってるんですよ⁉」

我を取り戻した音菜は、世良に詰め寄った。

「聞こえてるよ。俺の命令が聞けないなら、勝手にしろと言ったんだ。ただし、専属契約書に、事務所側に非がないケースで辞めた場合、三年間は一切の芸能活動ができないと明記されていることを忘れるな」

世良の口角が、加虐《かぎやく》的に吊り上がった。

「な……」

音菜の脳内は白く染まり、思考が止まった。

世良が、音菜の「脅し」に屈しない理由がわかった。

「仲直りしてあげても、いいですよ」

立ち上がったレイミが、不適な笑みを浮かべながら右手を差し出してきた。

「……ふざけるんじゃないわよ」

音菜は、わななく唇から震え声を絞り出した。

「ねえ、まだ、こんなこと言ってますけど？」

甘えた声で世良に呼びかけるレイミをみて――馴れ馴れしくされても不快な様子をみせない世良をみて、音菜はすべてを悟った。

「そういうことだったのね……」

相変わらず音菜の声は震えていたが、さっきまでとは違い、それは怒りではなく驚愕《きょうがく》と軽蔑からくるものだった。

いくらレイミが売り出し中の新人とはいえ、世良が日本を代表する自分と同格に扱うのは不自然過ぎる。

だが、レイミが世良の愛人となれば話は違ってくる。

よくよく考えてみれば、枕営業が得意なレイミが、所属事務所の社長であり業界の実力者である世良を利用しようと思わないはずがない。

「社長はレイミと……最低ですっ」

音菜は、蛇蝎《だかつ》をみるような眼を世良に向けて吐き捨てた。

「なにを言ってるのか、よくわからんな。さあ、レイミと握手をするか芸能界を引退するか……どっちを選ぶんだ?」

しらばっくれながら二者択一を迫ってくる世良の横で、ふてぶてしく腕組みをしたレイミが勝ち誇った視線を向けてきた。

「考えさせてください」

音菜は差し出されたままのレイミの右手を払い除《の》け、社長室を出た。

次に向かうべき場所は、もう決まっていた。

5

漆黒の瓦屋根が歴史の重みを代弁する、ちょっとした城のような日本家屋の門扉《もんぴ》の前で、音菜は足を止めた。

億を稼ぎ超のつく高級マンションに住む音菜でさえ、この家屋を目の前にすると圧倒されてしまう。

インタホンを押さずに、音菜はヒノキの玄関扉を引いた。

「彼女」は、こんな大邸宅にひとりで住んでいながらカギをかけない人間だ。

物騒ではないかと聞いたことがあるのだが、そのときの「彼女」の返事は、「作業に集中できないから」というものだった。

なので、音菜は「彼女」に用事があるときには、電話もかけず、いきなり家を訪問して勝手に中に入ることになっている。

もちろん、強盗目的の人間も同じように楽々と侵入することが可能なわけだが、それを言ったところで聞き入れるタイプではないので、音菜はとうの昔にお節介を焼くことを諦めていた。

「彼女」をひと言で形容すれば、浮世離れした人、という表現になる。

小学校、中学校と九年間ともにした幼馴染みで、昔から「彼女」は変わっていた。

休み時間には誰とも遊ばず会話もせず、自分の席で粘土細工の人形を黙々と作っていた。

それだけでも異様な感じがするのに、「彼女」は自分の髪の毛を鋏で切り、粘土細工の人形に植えつけるということをやるので、クラスメイトから「変人」と呼ばれていた。

そんな「彼女」だから、友人と呼べるクラスメイトは音菜しかいなかった。

その音菜にしても、一緒になにかをして遊んだ記憶はなく、ただ黙って隣りに座り、人形作りに勤しむ「彼女」を眺めているだけだった。

音菜はそうしていることが愉しかったわけではないが、なぜか、「彼女」のそばにいると気持ちが落ち着くのだった。

「彼女」もまた、音菜がそばにいることを歓迎しないまでもいやがっている素振りはなく、ときおり、作っている人形の性格をひとり言を呟くように語ってくれた。

ヒノキの引き戸を潜ると、ゆうに十畳はありそうな石床の沓《くつ》脱ぎ場が広がった。

玄関だけで、ワンルームマンションの部屋くらいのスペースがあった。

時代劇に出てくる武家屋敷を彷彿させる長廊下を、軋《きし》ませないように摺《す》り足で進んだ。

二十畳の和室の続き間を横目に、音菜は足音を殺しながら歩を進めた。

「自分を中心に世界は回っている」を地で行く自己中心的な音菜だが、唯一、「彼女」にだけは気を遣っていた。

「彼女」が怖い、というわけではない。

「彼女」に怒られたこともなければ、言い争いをしたこともない。

「彼女」の気に障ることをやってしまい、離れられることが怖かった。

モデル業界に入り、媚《こ》びる人間や足を引っ張る人間ばかりが取り巻く環境にいる音菜にとって、純粋に心からの言葉をくれる「彼女」はかけがえのない大切な存在であり、気を許せるただひとりの親友だった。

さらに十畳の和室の続き間を通り過ぎた廊下の突き当たりに、等身大の人形が立っていた。

初めて「彼女」の家にきたときにこの人形を眼にした音菜は、心臓が口から飛び出るほどに驚いた。

無理もない。

「彼女」の作業部屋の襖《ふすま》の前に門番さながらに立つ等身大の人形は、音菜と瓜ふたつに作られていたのだから。

——私の、友情の証です。

なぜ自分の人形を作ったのかと理由を息せき切って訊ねる音菜に、「彼女」は無表情に答えた。

もうずいぶんと慣れはしたが、それでも、この人形を眼にするたびに妙な気分になってしまう。

音菜は、作業部屋の襖を、息を殺してゆっくりと引いた。

薄暗く寒々とした三十畳はありそうな和室を埋め尽くす人形達に囲まれるように、部屋の中央で正座した「彼女」の背中が音菜を出迎えた。

「彼女」の着ている黒の長襦袢《ながじゅばん》は、「作業着」だった。

たまに外で会うときは洋服だが、色は黒以外身につけているのをみたことがなかった。

いつもそうしているように、音菜は部屋の片隅に移動し、用意してある座椅子に座り、静かに「彼女」の作業を見守った。

「彼女」は、人形の頭部に髪の毛を接着剤で装着しているところだった。

普通、多くの人形師はスガ糸やレーヨンなどを染料で染めてドールヘアにしているか、拘《こだわ》るタイプは市販の人毛を購入して使うが、「彼女」の場合は、作品のすべてに自分の髪の毛を使用している。

驚くべきことに、「彼女」は、幼い頃から将来は人形師になることを決意しており、床屋に行くたびに切り落とした髪の毛を袋に詰めて持ち帰っていたのだ。

――この子達は、私の分身です。自分の髪の毛を使うのは、当然のことですよ。

無表情に説明する「彼女」の声が脳裏に蘇った。

「今日は、どうしたんです?」

髪の毛を装着した人形の頭部を手に持ったまま、「彼女」がゆっくりと首を巡らした。

「香月《かづき》、もう、喋っていいの?」

「彼女」……香月が、あまりに早く話しかけてくれたので、思わず音菜は訊ねていた。

作業部屋に入って二、三時間、無言であることは珍しくはなく、ひどいときは、八時間もの間人形作りに没頭して話しかけてくれなかったときもあった。

「一段落つきましたから」

相変わらずの無表情で香月は言うと、坊主頭に浮く汗をハンカチで拭った。

外出のときの香月は黒のストレートロングのかつらを被り、顔の半分を覆うようなサングラスをかけ、顔には白粉《おしろい》を塗っている。

長時間部屋に籠もっていたので、口の周囲にうっすらと髭《ひげ》が目立っていた。

香月の本当の漢字は一樹……そう、「彼女」は男――ドラァグクィーンなのだった。

「香月……殺したいと思った人間っている?」

音菜は、いきなり本題を切り出した。

殺したい人間――レイミのせいで、音菜の心は暗黒に支配されていた。

「いますよ。五歳のときに、ママを殺したいと思いました」

香月のガラス玉のような、しかし、信じられないほどに澄んだ瞳が、音菜をみつめた。

6

「お母さんを、殺したいと思ったの⁉」

まさか、母親が出てくるとは思っていなかったので、音菜は思わず訊ね返した。

「はい。いまでも、殺したいと思っています」

微塵も躊躇《ためら》うことなく、香月は言った。

「どうして、お母さんをそんなに憎んでるの？」

音菜は、身を乗り出していた。

香月とは長いつき合いだが、「彼女」……いや、彼の口から家族の話を聞いたことはなかったので興味があったのだ。

「憎んでなんて、いませんよ。軽蔑しているだけです」

香月が、装着したばかりの人形の髪の毛を撫でながら無表情に言った。

「同じようなものよ。でも、なんで？　香月のお母さんってさ、授業参観で二、三度会っただけだけど、優しそうできれいな人だったじゃない」

お世辞ではなかった。

目鼻立ちがはっきりしたハーフ顔の母親を持つ香月に、クラスメイトは羨望の眼差しを向けていた。


――いつも、一樹と仲良くしてくれてありがとうね。

香月の母親は、学校で音菜と会うたびに、柔和に微笑みながらそう言うと、かわいらしい髪留めやお洒落な柄のポーチをくれた。


「ママは、外面はいい人でしたから、クラスメイトや先生方の評判はよかったでしょうね」

まるで他人のことを語るように、香月は言った。

「家では、全然違うんだ？」

香月の母親にそこまでの興味はなかったが、世良とレイミに受けた屈辱を少しの間でも忘れたくて音菜は質問を続けた。

「私が五歳のときに、ママと縁日の夜店に行ったんです。青、赤、ピンク……カラースプレーで彩られたヒヨコをみた私は、ママに買ってほしいと頼みました。ママは、急に目尻を吊り上げて怒鳴り始めました。スプレーでヒヨコを染めるなんて、とんでもない人達ね！　動物虐待で訴えてやる！　と。それはそれは、もう、凄い剣幕でした。それまで賑わっていたお客さんが、潮がさーっと退くようにいなくなりました。今度は逆に夜店の人……三人のチンピラふうの男の人が怒り出して、ママと私は車に押し込まれ山に連れて行かれました。ひとりの男の人に羽交い絞めにされ身動きできない私の目の前で、ママがふたりの男の人に犯されました」

　香月は人形を生気のない無機質な瞳でみつめ髪の毛を撫でながら、唐突に語り出した。

　その口調は、朗読のへたな母親が幼子を寝かしつけるときに聞かせる昔話のように淡々としたもので、悲惨な話の内容とのギャップに音菜は薄気味の悪い違和感を覚えた。

「泣き叫ぼうとした私の耳に、それまで喚き散らしていたママの喘ぎ声が飛び込んできました。ふたりの男の人に落ち葉の上に組み敷かれたママの露《あらわ》になった乳房の先は突起し、自ら腰を動かしていました。代わる代わる陵辱《りょうじょく》するふたりの男の人の背中に爪を立て、腰に両足を絡みつかせたママは、恍惚の表情で泣いていました。五歳の私にはそれが随喜の涙だと知る由もありませんでしたが、幼心にもママが喜んでいるんだということはなんとなくわかりました」

　相変わらず、香月は能面のような顔で人形の髪の毛を撫でていた。

「言いづらいんだけどさ、それって、浮気性ってこと？」

音菜は、遠慮がちに訊ねた。

「そんなにかわいいものではありません。ママはニンフォマニアなんです」

「ニンフォマニア？」

聞き慣れない言葉に、音菜は首を傾げた。

「わかりやすく言えば、色情症……つまり、不特定多数の男性と性交を持たなければ我慢できないという一種の病です」

さらりと、香月は言った。

「どうして、そんなことがわかるの？」

音菜は、率直な疑問を口にした。

「わかりますよ。ママは、パパと離婚する前から週に三日は違う男の人達を家に連れ込んでいました。もちろん、性交をする目的です。ママは、異常性欲者だったんです。男の人がいないときには、私のいる同じ部屋で自慰をしていましたし。ママは、レイプされたくて、わざとヒヨコ売りの夜店で営業妨害をしたんです」

無表情で淡々と語っていた香月だったが、人形の頭を撫でる手には力が入り装着したばかりの髪の毛がごっそりと剝《は》がれ落ちた。

音菜はリアクションに困り、黙り込むしかできなかった。

香月がドラァグクィーンになったのも、母親の性癖が大きく影響しているに違いなかった。

「私のことばかりでごめんなさい。音菜さん、私に話があるんでしょう?」

剝がれ落ちた人形の髪の毛を指先に絡めつつ、香月が音菜のほうに身体を向けた。

「あ……うん……仕事のことなんだけど、また、今度でもいいよ」

香月のあまりにも重い話を聞いたあとで、音菜は悩みを切り出しづらくなった。

「ママの話なら、気にしないでください。もう、十五年以上も昔の話ですから。音菜さんの話を、聞かせてください」

香月が、ガラス玉の瞳で音菜をみつめてきた。

「昨夜ね、六本木のクラブでいつものメンバーと呑んでいたんだけどさ……」

音菜は、「Bunny」のＶＩＰルームで起きたレイミとのトラブル、そして、翌朝、「グローバルプロ」の社長室で行われた話し合いで世良に手打ちを強制されたことをときには声を荒らげ、ときには声を詰まらせながら話した。

音菜が怒りに顔を紅潮させているときも、悔しさに唇を震わせているときも、香月の「能面」に変化はみられなかった。

幼少の頃、母親から受けた強烈なトラウマが、香月から感情を奪ったのは間違いない。

だが、音菜には、自分が喜怒哀楽が激しい性格をしているぶん、感情に流されず常に冷静に話を聞いてくれる香月のスタンスがありがたかった。

香月から「魔法の言葉」を期待しているわけではなかった。

ただ、話を聞いてくれるだけで、音菜は精神が安らぐのだった。

「音菜さんは、モデルの仕事が好きですか?」

無言で音菜の話に耳を傾けていた香月が、不意に訊ねてきた。

「もちろん、大好きよ」

音菜は、即答した。

一般市民の美の象徴――庶民に羨望の眼差しを向けられる選ばれし者の恍惚。

道を歩いているとき、買い物をしているとき、映画を観ているとき、スポーツジムでトレーニングしているとき……いつ、どこにいても注目を浴びる快感は、モデルの特権だった。

「違うと思います」

「え?」

「音菜さんは、モデルの仕事が好きというより一番であることが好きなんですよね?」

香月が、音菜の顔を窺うように覗き込んだ。

「まあね。二番なんて、冗談じゃないわ。でも、私だけじゃなくて、モデルをやるようなコは我《が》が強いから、みな、同じようなものよ」

「ナンバーワンを求めるなら、生涯、苦しみとつき合わなければなりませんよ。形あるものがいつかは壊れるように、美も永遠ではありませんからね。ナンバーワンではなく、オンリーワンを目指したらどうですか？　唯一の個性を磨けば、年齢に関係なく音菜さんだけの光を発することができますよ」

香月が、諭すように言った。

「ナンバーワンでなければ、意味がないの。美を維持するためなら、どんな苦しみでも乗り越えてみせるわ」

本音だった。

個性を磨くと言えば聞こえはいいが、はっきり言えば、メジャーになれなかった者の言い訳に過ぎない。

選ばれし者……トップスターに個性などという「小道具」はいらない。

生まれついての圧倒的な光——音菜の使命は、ナンバーワンであり続けることだった。

ゲイという少数派……マイナーな人生を歩んできた香月には、理解できないのかもしれない。

「どんなに美しいバラも、一週間も経てば枯れてくるものです。記念日やパーティーの席ではいつも主役として空間を彩り、みる者のため息を誘う華麗な花びらは色褪せ、誰にも見向きもされなくなり、人知れずひっそりとゴミになるさだめです」

香月が、洞窟のような虚《うつ》ろな眼を音菜に向けた。

いら立ちに、音菜は襲われた。

いつもは心に響く香月の言葉も、なぜか今夜は癪《しゃく》に障った。

十年一緒にいて、こんな感情になるのは初めてのことだった。

「香月って、もっと前向きになれないの？　そんな哀しい発想ばかりだと、運気が悪くなっちゃうよ」

音菜は、柔らかい口調の中に棘《とげ》を含ませて言った。

「前向きに考えても、運命を変えることはできません。運気が悪いのはさだめられていることであって、たとえ愉しい発想をしてもよくはなりません」

香月が、眉ひとつ動かさずに言った。

「あなたってさ、なんでそんなに冷めてるの？　お母さんの影響？」

音菜は、挑発的に皮肉を込めてみたが、香月の表情に変化はなかった。

「音菜さん、精神的に疲れているみたいですね。コンテストでグランプリを取ってから、まとまった休みを取ってないんでしょう？　少し、リフレッシュしたほうがいいですよ」

香月は気を悪くするどころか、母性さえ感じさせる寛容な態度をみせた。

それがまた、音菜の神経を逆撫でした。

「わかったようなことを言わないでよっ。マイナーな世界で生きるあなたに、なにがわかるっていうの⁉　時代の流れが激しいモデル業界で、まとまった休みなんて取ったら、それこそレイミに抜かされるわっ。それとも香月、もしかして、私が堕《お》ちればいいと思ってるんじゃない⁉」

髪の毛が剝がれたスキンヘッド状態の人形の頭を撫でていた香月の手が止まった。

音菜が、今日にかぎって香月のアドバイスを受け入れられない理由が——「彼女」の一言一句にイライラする理由の輪郭がみえてきた。

世代交代の恐怖——電話でのケンと事務所での世良の対応で、自分とレイミの評価が同等……将来性を含めれば逆転しているかもしれないという事実が、音菜の不安を駆り立てた。

香月のたとえで言うならば、音菜は、記念日やパーティーの席で空間を彩る気高く美しいバラとして、永遠に主役であり続けたいと願っていた。

オンリーワン……それがバラに劣らない印象に残る花であったとしても、誰も知らないところでひっそりと咲いているのならば意味はない。

音菜が求めているのは、世界中の人々の眼に一番つきやすい場所に咲き誇るバラだ。

「私がモデル業界を知らないのは事実です。でも、どうして、私が音菜さんが堕ちればいいと思うんですか？」

怒っている、というよりも、不思議でならない、という表情で香月が訊ねてきた。

「だって、香月は、女性になりたいから、ドラァグクィーンになったんでしょう？　私の仕事は、ほとんどの女性が憧れるモデル。あなたは、どんなに努力しても、モデル以前に女にさえなれない男……私を妬む理由は、十分に揃ってると思わない？」

言い過ぎている、ということはわかっていた。

しかし、精神的に追い詰められている音菜に、親友にたいして言葉を選ぶ余裕はなかった。

「表面だけでなく、内側をみる眼を養ってください。いまのままでは、美しい容器に入っている毒を見抜くことができません。私は、音菜さんを妬んでなんていません。反対に、みすぼらしい容器に入っている薬を見抜くこともできません。私は、音菜さんを妬んでなんていません。堕ちればいいなんて思うどころか、一日も早く真実の瞳を手に入れ、這い上がってきてほしいと願っています」

一貫して無感情だった香月の眼に、憐れみの色が宿った。

「なに!? それ、どういうことよ!? 這い上がるって……私が、どん底にいるような言いかたじゃない!」

音菜は気色ばみ、香月に食ってかかった。

「いつ立場を奪われるかと常に怯え、不安な気持ちを飼い慣らし、ライバルを、そしてライバルを応援する人々を憎み、呪い、怒りの感情に支配されているいまの音菜さんは、無間地獄に囚われているも同然です。恐怖や不安は、音菜さんが勝手に作り出している幻に過ぎません。恐れれば恐れるほど、恐怖や不安は大きくなります。聖書にもあるでしょう? 私のおびえたものが、私の身に降りかかる……と。レイミさんの仕事が増えるのなら、祝福してあげましょう。本当に手強い敵はレイミさんでもどんなモデルさんでもなく、音菜さん自身なのですから」

香月に上から物を言われているようで、音菜は激しい怒りを覚えた。

「世間から逃げたオカマが、偉そうなこと言ってるんじゃないわよ！　あんたなんてね、トップスターの私が友達でいてあげているだけで幸せなことなんだから！」

音菜の浴びせる罵詈《ばり》雑言《ぞうごん》にも、香月の表情が変わることはなかった。

ただ、憐れみを湛えた瞳で、じっと音菜をみつめていた。

心の奥の襞《ひだ》まで見透かしているような香月の視線に耐え切れず、音菜は立ち上がった。

これ以上、香月と向き合っていると、自分がなにをしでかすかわからず、怖かったのだ。

「レイミさんは、音菜さん自身が創り上げた幻ということを忘れないでください」

背中を追ってくる香月の諭すような声を振り切るように、音菜は部屋を飛び出した。

7

プレミアム試写会が行われている六本木ヒルズの映画館のＶＩＰ招待席で音菜は、懸命に睡魔に抗っていた。

スクリーンの中では、ハリウッドの若手人気女優のエミリー・ステイシーが法廷で陪審員相手に衝撃の新事実を明かしているクライマックスのシーンが繰り広げられていた。

ストーリーは、幼女レイプ殺人の容疑で死刑を求刑されていた謹厳実直な元大学教授を、冤罪《えんざい》だとして弁護士役のステイシーが八面六臂《はちめんろっぴ》の活躍で救うという、どこかで観た映画の寄せ集めのような陳腐なものだった。

何度も船を漕ぎそうになるたびに、音菜は太腿を抓《つね》り睡魔を追い払った。

VIP招待席には音菜以外にも、有名俳優、大物アーティスト、一流アスリートといった、各界を代表する著名人が陣取っていた。

著名人のリアクション狙いのマスコミも大勢いるので、一瞬たりとも気を抜けなかった。トップモデルの音菜がプレミアム試写会で居眠り、などと報じられたらイメージダウンも甚だしい。

なによりも一番怖いのは、スポンサーにたいしての印象が悪くなることだ。

音菜は、周囲に視線を巡らした。

みな、こんな退屈でくだらない映画をよく真剣に観られるものだ。

ストーリーがありきたりということ以外にも、ステイシーを光らせるための作りになっているので、余計に薄っぺらな内容になっているのだ。

しかもステイシーは、セリフの抑揚もなにもない棒読みで、表情も乏しい大根役者だった。

つまり、日本でもありがちな、アイドルが主演のストーリーは二の次のファンだけに向けた映画なのだ。

それに、オードリーの再来、ハリウッドの妖精、全米の妹などなど、やたらとビジュアル面でも評価の高いステイシーだが、言われているほどのレベルではない。

まだ二十代だというのに、アップになればシミや小皺が目立ち、胸も寄せて上げているだけの貧乳で、ウエストも括《くび》れのないずん胴の幼児体型に過ぎなかった。


こんな女がハリウッドの妖精なら、私は世界の女神ね。


音菜は、心で鼻を鳴らした。

腕時計に、そっと視線を落とした。

午後六時二十分。五時に本編が始まったので、あと十分で終わるはずだ。

しかし、その十分がいまの音菜には気が遠くなるほどの苦痛に感じられた。

もともと、せっかちな性格をしているので、同じ場所にじっとしているのが苦手だった。

それなのに試写会の仕事を受けたのは、各プロダクションから招待されているのは看板タレントばかりで、「グローバルプロ」では音菜だけが呼ばれたからだ。

試写後のコメント撮りをするために、民放四局のカメラクルーが出入り口で待ち構えているという注目のイベントだ。

招待されるのがステータスのプレミアム試写会に、レイミに声がかからなかったことが音菜が出席を決めた最大の理由だ。

——ナンバーワンを求めるなら、生涯、苦しみとつき合わなければなりませんよ。形あるものがいつかは壊れるように、美も永遠ではありませんからね。ナンバーワンではなく、オンリーワンを目指したらどうですか?


一週間前、香月に言われたアドバイスが脳裏に蘇った。

そんなことは、言われなくてもわかっていた。

肌のケア、食事管理、プロポーション維持……一番であるために音菜が日々労するエネルギーは相当なものだった。

一日、いや、一瞬でも、美やファッションの追求を怠ることはできなかった。

一番であり続けることに、プレッシャーを感じないと言えば嘘になる。

だが、それでも、音菜はナンバーワンに拘りたかった。

オンリーワンと言えば聞こえはいいが、ようするに限定された空間でしか支持を受けられない——つまり、マイナーということだ。

音菜が目指しているのは、メジャーな世界での頂点なのだ。

――世間から逃げたオカマが、偉そうなこと言ってるんじゃないわよ！　あんたなんてね、トップスターの私が友達でいてあげているだけで幸せなことなんだから！


小学校時代からの幼馴染み……親友にたいして吐きかけた辛辣《しんらつ》な言葉。

もしかしたら、永遠の決別になるのかもしれない。

それを望んではいない。

だが、後悔はなかった。

自分の行く道を遮るものは、たとえ無二の親友であっても許せなかった……というより、親友ではない。

音菜が視線の先に見据えているのは――稚拙で先が読める陳腐なストーリーが繰り広げられるスクリーンに、圧倒的な光を放つ己の姿だった。

☆　　☆

試写が終わり、音菜は久保の大きな背中に先導されて関係者通用口からマスコミが待ち受けるインタビュー用のスペースに向かった。

二メートル四方の特設ステージでは、若手女優ナンバーワンの誉れ高い川崎安奈がひと足先に、局や雑誌社のインタビュアーから複数のマイクを向けられていた。

安奈が試写会に招待されていたとは、知らなかった。

音菜は、腹の底から加虐のエネルギーが湧き上がるのを感じた。

「あと一分ほどで彼女のインタビューが終わりますので、そしたら……あ、まだですよっ」

背中を追ってくる久保の声を無視し、音菜は特設ステージに足を向けた。

「あ、音菜ちゃんだ」

それまで安奈に向いていた報道陣の視線が、音菜に集まった。

今日の音菜は、黒のチューブトップのミニワンピースという出で立ちだった。

髪の毛はお団子ヘアに巻き上げ、眼もとは黒豹を意識したきつめの印象になるようにアイラインで仕上げた。

全開にしたデコルテエリアはパールのラメ入りファンデーションで彩り、自慢の鎖骨のラインを邪魔しない程度に控え目なクロスのペンダントをつけていた。

超ミニのスカートから真っ直ぐに伸びた股下八十三センチの美脚に、報道陣からどよめきが起こった。

矢継ぎ早に焚《た》かれるフラッシュの青白い閃光が音菜の視界を焼いた。

「音菜ちゃん、安奈ちゃんとのツーショットください！」

予定より早い音菜の登場に、報道陣が色めき立った。

戦場で敵軍に包囲されたように、銃口さながらのカメラのレンズが音菜と安奈に向けられた。

安奈が、あるかなきかの迷惑そうな表情を浮かべた。

無理もない。

安奈が人気なのは、個性的な演技力が評価されてのものであり、ビジュアルが飛び抜けていいわけではない。

愛くるしい笑顔はたしかに魅力的だが、眼も奥二重であり、鼻も高いとは言えない。

ようするに、愛嬌がある、というタイプで美人タイプではないのだ。

音菜は、微笑みながら安奈に歩み寄った。

安奈は少しでも距離を開けようと二、三歩後退《あとずさ》ったが、そうはさせまいと音菜は距離を詰めて寄り添うように隣りに立った。

身長百六十七センチで八頭身の音菜の横で、百五十五センチそこそこの幼児体型の安奈は明らかに見劣っていた。

十センチのヒールを履いているので、いまの音菜は、百八十センチ近い身長になっている。ピンのときは目立たなかった安奈のアンバランスな体型……とくに、音菜と並ぶと顔の大きさが際立っていた。

前々から、たいしてかわいくもなくスタイルもよくない安奈が、国民的ヒロインなどと煽《おだ》て祭り上げられているのが気に入らなかったのだ。

音菜が安奈に悪印象を抱くようになったのは、調子に乗って「スタイリッシュ」の巻頭グラビアを飾ったことだった。

しかも、そのときの記事に載っていた安奈のセリフ……「モデルって職業も、ありかもしれないなって、最近思うようになりました」という勘違い語録が決定的だった。

たしかに、若手女優としては三本指に入る人気かもしれない。

だが、モデルという職業は、人気があれば誰でもなれるというものではない。

たとえるなら、格闘技経験のないイケメン俳優がリングに上がるのと同じくらいに無謀なことだった。

しかも、安奈のナメきったセリフは日本中のモデルを侮辱するものであり、音菜は、いつか彼女に思い知らせるチャンスを窺っていた。

音菜は、嫌みなほどに安奈にくっつくように並んだ。

安奈のお腹のあたりに音菜の腰がきており、残酷なまでにふたりのプロポーションの差が浮き彫りになった。


どう？　思い知った？　これが、トップモデルの体型よ。

音菜は、目顔で安奈に語りかけた。

「音菜ちゃんと安奈ちゃんは、たしか同い年ですよね？　モデルと女優という、ジャンルが違う世界で頂点に立っているおふたりですが、お互いのことを意識したりしますか？」

「試写会に関係のない質問はご遠慮願い……」

「安奈ちゃんのことは、やっぱり意識しますよ」

男性リポーターの質問を却下しようとした配給会社のスタッフを遮り、音菜は口を開いた。

「前に、なにかのファッション雑誌に安奈ちゃんが出ているのをみて、私、勝てないな、と思いました」

作り笑顔で頷いている安奈の瞳の奥は、戦々恐々としていた。

隣りに立っている彼女の緊張が、音菜にまで伝わってきた。

「え？　モデルとして、ですか？」

男性リポーターが、意外そうな顔で訊ねてきた。

「いいえ、そういう意味じゃないんです。積極性っていうんですかね。安奈ちゃんは身長もそんなに高いほうではありませんし、モデル体型でもないのに、ファッション誌の巻頭グラビアに挑むなんて、私にはとてもまねできません。だって、歌があまり得意じゃない人が、CDデビューするようなものじゃないですか？　安奈ちゃんのその根拠のない自信と強気な姿勢は、同じ芸能界に生きる者としては見習わなければならないのかもしれませんね」

笑顔で言い切った音菜とは対照的に、安奈の顔が強張った。

場の空気が、一瞬で氷結した。

「い、いやいや、相変わらず、音菜ちゃんのコメントは毒が利いてますね。安奈ちゃんは、音菜ちゃんの活躍は同年代として刺激になりますか？」

男性リポーターが、その場を取り繕うように安奈に質問を向けた。

「すみません、時間なので、質問はここまでにさせてください」

スーツ姿のマネージャーと思《おぼ》しき男性が質問を遮り、安奈をステージから連れ去った。

「女優さんって、台本がないと喋れないんですかね？」

音菜の皮肉に、報道陣が乾いた笑い声を上げた。

逃げるように去る安奈の背中をみて、音菜は胸がすく思いだった。

☆　☆

「音菜さん、勝手な行動は困ります。明日のワイドショーや新聞の芸能欄は、音菜さんの安奈さんにたいする皮肉発言で埋め尽くされますよ」

試写会のマスコミインタビューを終えた音菜が専用車のポルシェ・カイエンのリアシートに乗り込んだ途端、ドライバーズシートから振り返った久保が苦言を呈してきた。

「世界的トップモデル音菜、国民的朝ドラヒロインにダメ出し！　話題になって、いいじゃない？」

音菜は涼しい顔で言うと、「iPod」のイヤホンをつけた。

リズミカルなラテンミュージック……シャキーラのノリのいい歌声が耳に流れ込んできた。

「ふざけないでください」

久保が、音菜の耳からイヤホンを取り苦々しい顔で言った。

「今日のプレミアム試写会には、様々な業界のスポンサーさんも招待されています。中には、音菜さんが出演しているＣＭのスポンサーさんもいるでしょうし、『グローバルプロ』とつき合いのあるスポンサーさんもいるでしょう。プライベートな場での発言ならまだしも、注目の集まる試写会のインタビュースペースで、あんな印象の悪い発言をすればマイナスになることくらい、わかりますよね？」

もちろん、それくらいわかっていた。

相手が国民的ヒロインと言われる清純派女優であるなら、なおさらだ。

だが、もともとは、四年前に行われた「ジャパンモデルコンテスト」でグランプリを受賞した際のモデルらしからぬ前代未聞の傲慢発言で人気沸騰したという経緯を考えると、音菜のキャライメージのマイナスになることはない……むしろプラスにさえなると判断したのだ。

なにより、モデルという職業にプライドを持ち、人生のすべてを捧げている音菜は、安奈の冒瀆《ぼうとく》とも取れる勘違い発言を見過ごしたままにしておくことはできなかった。

「美しいバラには棘がある。私がブレイクしたときのキャライメージ、忘れたの？」

「あのときとは、状況が違います。ファッション業界の求めるモデルイメージも時代とともに変わってきてますし、新世代が台頭してきているのはレイミの扱いをみててもわかるでしょう？　ただでさえ、モデルの人気寿命はひと昔前で十年……最近では五年とも言われています。音菜さんは今年でデビュー五年目を迎えます。そろそろ、女優やタレントへの転身を視野に入れなければならない時期にきています。それなのに、芸能界に悪印象を与える言動は自分の首を絞めているようなものですよ」

久保が、諭すように言った。

彼は有能なマネージャーであるし、音菜の将来についての戦略もしっかり考えてくれている。

久保が言うように、モデルが最高に美しく輝いていられる年月は短い。

それは、単純に年齢を重ねビジュアルが劣化してくるということもあるが、ファッション業界の流行の移り変わりの速さが一番の理由だ。

毎年、流行のカラーやデザインが変わるファッション業界では、五年前の最先端は現在の流行と照らし合わせれば時代遅れ……つまり、ダサい、となる。

髪型の流行でたとえればわかりやすい。

ロングヘアが流行していたときに似合っていたモデルが、ボブがブームになり髪をバッサリ短くしたはいいが似合わないということがあるのと同じで、五年前に流行していた衣服が似合うモデルも、新しく流行した衣服にもっと似合う新しいモデルが出現すれば契約を打ち切られてしまう可能性がある。

弱肉強食——実に、厳しい世界だ。

「あんたの説教なんて、聞きたくないから。それに、運があれば誰でもなれるような女優やタレントなんて、冗談じゃないわ！」

音菜は、吐き捨てた。

モデル……ハイファッションのモデルの場合、どんなに運やコネがあっても、身長とプロポーションが条件をクリアしていなければなることはできない。

なんの制限もない女優やタレントとは、敷居の高さが違うのだ。

「音菜さん……もっと、自分の足もとをみつめてください」

久保が、悲痛ないろを宿す瞳を向けてきた。

「なによ？　それ、どういう意味よ？」

音菜が訊ねると、久保が唇を嚙み視線を下に落とした。

こんなに苦しげな久保をみるのは初めてであり、音菜の胸に不吉な予感が広がった。

「どうしたのよ？　早く、言いなさいよ」

「再来月の『東京ファッションコレクション』の衣装の件ですが……」

「『デューダ』でしょう?」

音菜は久保の言葉を待たずに言った。

「デューダ」は、三万人の観客を集めるまでに大きくなったファッション一大イベントの「東京ファッションコレクション」の主催者であるジェイク・タイラーグループのメインブランドであり、十代から二十代の女性の間で絶大な人気を誇っている。

過去四年続けて音菜は、「東京ファッションコレクション」のメインモデルとして「デューダ」の衣装を纏《まと》ってステージに登場した。

もちろん、今年も音菜が「デューダ」の新作を着てトリで出演することが決まっていた。

「いえ……それが、音菜さんは今年、『ムラン』での出演になりました……」

「『ムラン』ですって!? 嘘でしょ!」

音菜は、窓ガラスが軋むほどの大声を張り上げた。

「ムラン」も人気ブランドに違いはないが、ジェイク・タイラーグループでは「デューダ」に続いて二番手の扱いだ。

つまり、「ムラン」を着るモデルも二番手評価、ということになる。

「私じゃなければ、『デューダ』は誰が着るのよ!? ねえっ、言いなさいよ!」

音菜は、相変わらず視線を逸らし続ける久保のネクタイを摑み引っ張りながら問い詰めた。

「なに黙ってんのよ！　『デューダ』を着るのは誰か……まさか……」

言葉を切った音菜の脳内を、最悪な女の顔が支配した。

「はい……『デューダ』のイメージモデルを務めてトリで登場するのは、レイミに決定しました」

顔を上げ、意を決したように久保が衝撃の事実を口にした。

「なっ……」

音菜は、カッと見開き充血した眼で久保を凝視し、絶句した。

8

グラスの中で揺れるルビー色の液体が、ぼんやりと滲んだ。

胃がムカつき頭も痛かったが、音菜は構わずグラスのルビー色を飲み干した。

お馴染みの面子《メンツ》――ケン、勝也、亀山、翔太の顔がグニャリと歪んだ。

「Bunny」のＶＩＰルームに流れるシャキーラのラテンのリズムに合わせて、右手にワイングラス、左手にボトルを持った音菜は、よろめく足でステップを踏み、激しく上半身を揺らした。

テーブルの上には、ワインとシャンパンのボトルが散乱していた。

そのほとんどは、音菜がひとりで空けていた。

「音ちゃん、もう、そのへんにしておいたほうがいいよ」

「ほんまや、そないな無茶な呑みかたはあかんて」

ケンと亀山の心配そうな声を聞き流し、音菜は右手を横に薙《な》いだ。

グラスが壁にぶつかり砕ける甲高い破損音が、室内に響き渡った。

「身体に毒だよ。さ、貸して」

翔太が、ワインボトルに手をかけた。

「ちょっと、勝手なことしないで！」

音菜がワインボトルを振り回すと、翔太のオフホワイトのジャケットに点々と赤いシミが付着した。

「あ……アルマーニの服が……」

翔太が、彫りの深いハーフ顔を歪めた。

「いいザマ！」

音菜は、大口を開けて爆笑した。

「翔太の服汚しておいて、そんな言いかたはかわいそうだよ」

勝也が、やんわりと音菜を非難した。

「な〜にが、かわいそうなもんですかっ。売れっ子のイケメン俳優が、アルマーニの一着や二着で、ガタガタ言うなっつーの！　それにさ、あんた、私の肉体が目当てでいつもきてるの、知ってるんだからねっ。エロいチャラ男のくせに、カッコつけてんじゃないわよ！」

口汚く罵《ののし》る音菜に、翔太の顔面がみるみる蒼白になっていった。

「はいはいはい、喧嘩はここまでここまでぇ〜、みなさん、愉しく……」

「不細工ガヤ芸人は引っ込んでて！」

明るく場を取り成そうとしゃしゃり出てきた亀山の頬を、音菜の平手が打ち抜いた。

「音ちゃん、いくらなんでもやり過ぎだって！　とりあえず、亀ちゃんと翔ちゃんに謝ったほうがいい」

ケンが、酒の席では珍しく素面の体《てい》で音菜の前に歩み出て言った。

いつもは真っ先に酔っ払い、管《くだ》を巻くケンだが、今夜にかぎっては席に着くなりハイピッチで浴びるように呑み続けた音菜に悪酔いのお株を奪われていた。

——「デューダ」のイメージモデルを務めてトリで登場するのは、レイミに決定しました。

清水の舞台から飛び下りるとでもいうような悲壮な決意の顔で衝撃的事実を告げる久保の声が鼓膜に蘇った。

再来月の「東京ファッションコレクション」——初出場から四年連続でトップブランドの「デューダ」の衣装を着てトリで登場していた音菜は、その座をレイミに奪われてしまった。

音菜が自棄《やけ》酒の海に溺れているのは、その屈辱が原因だった。

「はぁ？　なんで私が謝らなきゃならないのよっ。ケン、もとはと言えばさ、全部、あんたのせいじゃない⁉」

「俺の？」

「惚けるんじゃないわよっ。『東京ファッションコレクション』のトリ、レイミに決まったこと知ってるでしょ⁉　ケンはさ、たしか『東コレ』のキャスティングスタッフやってたわよね？　あんたが、レイミをプッシュしたんでしょうが！」

音菜の怒りの矛先が、ケンに向けられた。

「ちょ、ちょっと待ってくれよ……誤解だって。たしかに、周りはレイミを推す声が多かったが、俺は最後まで音ちゃんを推したんだからさ」

ケンが、必死になって弁明した。

「適当なことを言ってんじゃないわよ！　レイミ、レイミ、レイミってさ、あんた、あの女と寝たわけ？」

音菜は、ケンの胸倉を摑んで呂律の回らない口調で絡んだ。

「そんなわけないだろう？　音ちゃん……」

「黙れっ、エロ男！」

音菜は、ボトルを逆さにして、ケンの頭からワインを浴びせた。

「音菜ちゃん、いい加減にしなよっ」

勝也が、背後から音菜を羽交い絞めにした。

「放して……放してったら！」

音菜は喚き、長い足をバタつかせた。

「音ちゃん、このままじゃ堕ちるとこまで堕ちちゃうぞ⁉　しっかりしろよ！」

音菜の両肩を摑み、ケンが激しく揺すった。

珍しく声を荒らげるケンの涙に潤む瞳に、音菜は我を取り戻した。

「レイミが上がってきて焦る気持ちはわかるけど、それでも業界のトップは音ちゃんなんだからさ、もっとどっしり構えようよ。いまの音ちゃんみたいに取り乱していたら、レイミにじゃなくて自分に負けてしまうことになる。それに、トップばかりがモデルの人生じゃないさ。ファッション業界はさ、流行り廃《すた》りのサイクルが速いから、いつまでも一番であり続けるっていうのは不可能に近い。でもさ、主役を譲っても、末永く活躍しているモデルはいくらでもいる。ウチも、二十代の読者がメインの『スタイリッシュ』以外にも、三十代の読者向けの『マダムモード』、四十代の読者向けの『セレブタイム』があるし、モデルも年代とともに活躍の場を移してゆくもんだよ」

「それって、私に『スタイリッシュ』の専属モデルを外れろっていうの⁉」

落ち着きかけた音菜だったが、ふたたび気色ばんだ。

「そんなこと、誰も言ってないよ。でも、音ちゃんだって第一線から退くときはいつかくるんだから、そのときの話……」

「私は、第一線から退かない……トップモデルのまま引退するわ」

音菜は、強い光を宿した瞳でケンを見据えた。

強がりでもハッタリでもない。

たしかに、ケンの言うとおり、モデルの人気の寿命は短い。

だが、それは、並のモデルの話だ。

福山音菜は歴史に名を刻むスーパーモデルであり、一般常識は通用しない。

「音ちゃん、もっと現実を……」

「その意気、その意気。君には、トップが似合うよ」

ケンの否定的な言葉を遮るようにドアが開き、現れた秀が音菜に歩み寄りながら言った。

「秀……どうして、あんたがここに？」

「久保君から、連絡があったんだよ。君を迎えに行ってほしいってね」

「まったく、余計なことを……」

音菜は、舌を鳴らした。

「みなさん、音菜がご迷惑かけました。彼女に代わって、お詫びします」

秀が、ケン、亀山、翔太、勝也に頭を下げた。

「なに勝手なことやってるのよ！　あんたなんかが、私の代わりになれるわけないでしょう！」

音菜は、秀に噛みついた。

「わかってる。君の代わりを務めようなんて思ってないよ。さ、帰ろう」

秀は気を悪くしたふうもなく、柔和な笑みを浮かべ右手を差し出した。

悔しいが、彼の穏やかな笑顔をみていると深い安心感に包まれた。

「ひとりで帰れるわよ！」

素直になれず、音菜は秀の手を払い除け個室を出た。

「おいっ、あれみろよっ、音菜だよ！」

「マジ……本物か⁉」

「凄いきれい！」

「顔ちっちゃ！」

「手足長～い！」

「すげーな！　写メ！　写メ！」

「握手してください！」

「サインいいですか！」

「一緒に写真いいっすか⁉」

フロアに姿を現した音菜に、客達が狂喜乱舞した。

「音菜、マズイよ……通用口から出よう」

耳もとで、秀が囁いた。

「みてよっ、この騒ぎ！　これが、福山音菜の人気よ！　イェーイ、みんな、踊ろうか！」

ハイテンションに叫び、音菜は客の渦に飛び込んだ。

「ナマ音菜だよ！」

「音菜ちゃーん、こっちにもきてよ！」

「うぉー、音菜の身体に触った！」

「俺も！」

「痛いわねっ」

「邪魔だっ、どけ！」

「なにすんだ、こら！」

ヒートアップする客の中で、音菜はもみくちゃにされた。

そこここで、怒鳴り合いや小競り合いが起きていた。

音菜自身、肩を叩かれたり腕を引かれたりしたが、恐怖よりも嬉しさが勝っていた。

自分が原因でクラブがパニックになるという影響力を肌で体感できたことが、なにより嬉しかった。

「触るなっ！」

「離れろ！」

「なんだてめえは！」

「殺すぞ、おら！」

渦巻く怒号——殺気立つフロア。

誰かに、髪を引っ張られた。

誰かに、胸を掴まれた。

誰かに、尻を撫でられた。

誰かに、太腿を触られた。

「ちょっと……やめてよ……痛いっ……」

荒い息遣いが不快に鼓膜を撫でた。

充血した眼が肌に突き刺さってくる。

急激に、恐怖心が膨らんだ。

「触らないでっ……誰かっ、助けて！」

巨体の久保と小柄な佐竹が、激しく客と揉み合っていた。

鼻血や口から出血している客をみて音菜は、自分がとんでもない騒ぎを巻き起こしていることに初めて気づいた。

「音菜、こっち」

いつの間にか脇にいた秀が、音菜の腕を取ると人込みを掻き分けながら通用口に向かった。もみくちゃにされながら、音菜は通用口に逃げ込んだ。

「無茶をしちゃだめだよ。なにかあったら、どうするんだ」

肩で息をしながら、珍しく秀が厳しい口調で戒めてきた。

「私のこと守れもしないくせに、偉そうなこと言わないでよ!」

音菜は、逆ギレ気味に秀に噛みついた。

「え……?」

「『東京ファッションコレクション』のトリを、レイミに取られたのよっ。それだけじゃなくて、誰も彼もが、レイミ、レイミ、レイミって……私はいま、大ピンチなの! プライドもズタズタだし、身も心もボロボロよ! 私がどんなにつらく哀しい思いをしてるか、秀はなんにも知らないでしょ! 私がどんなに悔しい思いをしてるか知らないくせに、偉そうなこと言わないでよ!」

音菜は、通路に置いてあったビールケースから空瓶を抜き、壁に叩きつけた。

派手な破損音とともに、瓶の欠片《かけら》がそこここに飛び散った。

「音菜、危ないから……」

「悔しい！」

秀の言葉を金切り声で遮った音菜は、ビールケースを引っくり返した。

「音菜さん、大丈夫⁉」

VIPルームから出てきた翔太が、音菜に駆け寄り肩に手を置いた。

微かに秀の顔に浮かんだ不快ないろが、音菜をサディスティックな感情にさせた。

「あら、翔ちゃん、優しいのね」

音菜は、翔太に凭《もた》れかかりながら微笑んだ。

「どうしたの？」

翔太が、驚いた顔で訊ねてきた。

さっきは自分がひどく罵倒されていたので、豹変振りに困惑するのも無理はない。

「なにが？」

音菜は、妖しげな瞳で翔太をみつめ、惚けてみせた。

「いままで、僕にこんなに優しくしてくれたこと、なかったから」

翔太も酒が入っているせいか、秀の存在などまったく眼に入ってないとでもいうように大胆だった。

「おい、君、僕の恋人から離れてくれないか」

秀が、翔太の前に歩み寄り言った。

「はい？　あんたが音菜さんの恋人？　ヒモの間違いじゃないの？」

翔太が、秀に嘲りの視線を向けた。

「君と言い争う気はない。音菜、帰るぞ」

秀が怒りを押し殺した声で翔太に言いながら、音菜の腕を引いた。

「ひとりで帰れよ、ヒモ男」

翔太が、秀の胸を小突き毒づいた。

「貴様っ、いい加減に……」

「帰って」

血相を変えて翔太に詰め寄ろうとする秀の胸を、今度は音菜が小突いた。

「私クラスの女になれば、最低でも翔ちゃんくらいの知名度がないと釣り合わないわ。もう少し、翔ちゃんと呑んでくから」

音菜は翔太の腰に両手を回し抱きつきながら、秀に冷めた眼を向けた。

荒廃し、自棄になった音菜には、秀の優しさが耐え難かった。

すべてを目茶目茶に破壊したいという凶暴な感情が、音菜を衝き動かした。

「音菜……」

秀の哀しみに満ちた瞳が、音菜をより残酷な行動に駆り立てた。

音菜は翔太の首に腕をかけ、唇を重ねた。

視界の端で秀が、顔色を失った。

壊したい……秀の愛と誠実を……そして、音菜の視界に入る一切の物事を。


音菜は、翔太の唇を舌でこじ開けた。

9

「なんだか、夢みたいだよ。音菜さんとこうして、ふたりで呑んでるなんて……」

アルコールで縺《もつ》れた呂律で言いながら、翔太は赤ワインで満たされたグラスをひと息に空けた。

ふたりで呑み直しに訪れた西麻布のバー「クライシス」の個室にきて三十分も経たないうちに、もう既にワインボトルが一本空こうとしていた。

呑んでいるのは、ほとんど翔太だった。

最低の女だ。

日々、音菜に尽くしてくれている秀に、自分は……。

秀への罪悪感から、「クライシス」にきてからの音菜はほとんど酒を口にしていなかった。

その代わり、というわけではないだろうが、音菜に誘われてハイテンションになった翔太は、浴びるようにワインを呑み続けていた。

「音菜さんのヒモ、初めてみたけどさ、貧乏臭い顔してるね。安っぽいジャケット羽織ってさ、あんなのが彼氏ヅラして『Bunny』にきたら、音菜さんの恥だよね」

管を巻き秀をみそくそに罵倒する翔太を、音菜は無視した。

他人に秀のことをとやかく言われると、無性に腹が立った。

音菜自身、常日頃秀のことを罵倒しているが、それは、彼のよさをわかった上でのことだった。

百八十センチの長身、彫りの深い甘いルックス、温和で優しい性格、料理上手……秀には、誇れるところがたくさんあった。

というより、誇れないのは、売れないミュージシャン、という部分だけで、秀は滅多にいないいい男だった。

——こんなとこに、捨てちゃだめだろ。あんたらには小汚い場所でも、ここで夢を語り合い呑んでる奴もいるんだ。いままでに、この飲み屋街からいろんなアーティストや作家が生まれた。俺も、この店でバイトしながらミュージシャンを目指してるんだ。

一年前、事務所の先輩モデル……ナオミの誕生パーティーの二次会の帰り道、酩酊していた音菜は、西新宿の裏路地で火のついたままの煙草を安酒場の軒先に放り捨てた。

捨てられた煙草を拾い上げ、音菜の顔前に突きつけてきたのが秀だった。

トップモデルとしてちやほやされ続けていた音菜を本気で叱ってくれたあのときの秀は、いま思い出してもぞくっとするほどに格好よかった。

「私に釣り合うのは翔太君だって言ってくれたの、マジに嬉しかったよ！」

翔太が、カップルソファで並び座っているのをいいことに、音菜の肩に腕を回してきた。

「最低でも、って、言ったのよ」

素っ気なく言い放ち、音菜は翔太の腕を払い除けた。

「なんだよ、さっきはあんなに優しかったのに。音菜さんさ、早く、ゴミみたいなヒモ男と別れちゃいなよ。あんな無能な男と一緒にいたら、音菜さんのイメージまで……」

「あんたに言われたくないわよ！」

音菜は、掌でテーブルを叩き怒声を出した。

「え……」

翔太が、グラスを持つ手を宙で止めて固まった。

「秀はね、いまは売れてないだけで、ヴォーカリストとしての素質はあるんだからっ。あんたみたいなチャラ男と違って男らしいし、馬鹿にしないでよ！」

音菜は席を立ち個室を出た。

「ちょっと、音菜さん、待ってよっ」

翔太が、血相を変えて追いかけてくると音菜の腕を摑んだ。

「放してよ！」

身体を捻った音菜は、振り向き様に翔太の顔を張った。

居合わせた数組の客と店員が、ポーズボタンを押された画像のように凍てつき静止した。

音菜は、呆然と立ち尽くす翔太を置き去りに店をあとにした。

☆　　☆

「昨日は、自宅に帰らなかったんですか？」

「グローバルプロ」の自社ビルの地下駐車場にポルシェ・カイエンを滑り込ませた久保が、エンジンキーを抜きながら訊ねてきた。

今朝は、迎えの車を自宅でなくモデル仲間のマンションがある恵比寿に呼んだのだった。

「なんか、帰りづらくてさ」

口に出したとおり、翔太とのキスをみせつけた秀のもとに帰るのは気が引けた。

「秀さんがせっかく迎えにきてくれたのに、あんなに乱痴気《らんちき》騒ぎをするからですよ」

ため息を吐く久保の右目の下には、赤紫の痣《あざ》ができていた。

昨夜、「Bunny」で音菜が起こした騒ぎでヒートアップした客達と揉み合いになった際に怪我したのだろう。

「しようがないじゃないっ。レイミのことで、いろいろストレス溜まってるのあんたも知ってるでしょう⁉」

「だからって、自棄酒はよくないです。騒ぎばかり起こして、どんどん自分の首を絞めているじゃないですか？　社長、今回は相当に怒ってますから覚悟したほうがいいですよ」

久保が、脅かすように言った。

「『Bunny』のこと、あんた、チクったの？」

音菜は、咎める眼を向けた。

「俺だって怒られるのに、言うわけないですよ」

「じゃあ、なんのことで怒ってるのよ⁉」

――社長から緊急の呼び出しが入りました。一時間後に、迎えに行きますから用意しててください。

朝の九時に、久保からかかってきた電話で音菜は叩き起こされた。

世良から呼び出された理由は、まだ聞かされていなかった。

「さあ、俺も詳しいことは聞かされていないので……とりあえず、時間がないので急ぎましょう」

久保が、慌《あわただ》しく車を降りた。

世良に指定されたのは十一時だが、音菜が用意に手間取り出かけるのが遅れたせいであと二分しかなかった。

エレベータに乗ったふたりは、社長室のある十階で降りた。

いつもはノックなしで入室する特権を与えられている音菜だったが、今日はさすがに世良の機嫌が悪いとあり、久保の背後でおとなしく立っていることにした。

「失礼します」

久保に続いて、音菜は社長室に足を踏み入れた。

豹の毛皮の敷かれた専用ソファに座り待ち構えていた世良は、鬼のような形相をしていた。

「ここに座れ」

世良が、音菜に高圧的な物言いで命じた。

ついこないだまでは、腫れ物に触るような気遣いをみせてくれていた世良の変貌度合が、現在の音菜の立場を物語っていた。

「私、なにかしました……」

訊ねながら世良の正面のソファに腰を下ろした音菜は、目の前のテーブルに置かれている複数の写真に言葉の続きを失った。

十数枚ある写真はすべて、「Bunny」の通路で音菜と翔太がキスまたは抱擁している場面が写されていた。

「どうして、こんな写真が……」

音菜は、うわ言のように呟いた。

「それは、俺のほうが聞きたいっ。今朝、ポストに入ってた。携帯電話の番号があったからかけてみたらフリーのカメラマンで、数ヶ月前から『Bunny』でお前を張っていたそうだ。そしたら、泥酔したお前がフロアで乱痴気騒ぎを起こしたそうじゃないか？　クラブでベロベロになったお前でもネタになると思ってシャッターチャンスを狙っていたら、人気イケメン男優とのキスシーン……飛び跳ねながら、シャッターを押したそうだ。こんな写真撮られて、いったい、どうするつもりなんだ！」

世良が、怒髪天を衝く勢いで怒鳴りつけてきた。

こんなに激怒している世良をみるのは、初めてだった。

「音菜さん、いつ、こんなことしてたんですか⁉」

その場に居合わせなかった久保が、青天の霹靂《へきれき》といったふうに訊ねてきた。

「お前もお前だ！　マネージャーがついていながら、どうしてこんなことになったんだ！」

世良の怒りが、久保に飛び火した。

「本当に……申し訳ございません……」

大きな身体を萎縮させ、久保がうなだれた。

「謝って済むか！　このカメラマンはな、写真のデータを一千万で買い取ってほしいと言ってきている。断っても構わないが、その場合は写真週刊誌に持ち込むそうだ。つまり、脅迫だ。お前、音菜が何社のCM抱えているか知ってるだろうが⁉　クラブでへベレケになって人気男優とキスしてる写真なんか出てみろ！　最悪、契約を打ち切られて違約金を請求されるかもしれないんだぞ⁉」

世良が速射砲のように捲《まく》し立てた。

大袈裟ではない。

スポンサーはみな、音菜にたいして「かっこいい女」のイメージでCMに起用している。それが、酒に呑まれてだらしなく男とキスしているところを写真誌に出されてしまえば、イメージダウンもいいところだ。

「すみませんでした。『東京ファッションコレクション』のメインブランドをレイミに取られたこと、水に流しますから」

腸《はらわた》が煮えくり返るような思いだったが、仕方がなかった。

今回の件は、元はと言えばそのレイミにメインブランドのモデルを奪われたことで自棄になったのが原因だったが、自分も立場を考えずに無茶をやり過ぎてしまった。

事務所にも金銭的被害をかけたのだから、このくらいの譲歩は必要だ。

「は？　お前、俺の話を聞いていたのか⁉　自分がやったことで、どれだけ会社が損害を被ったかわかってるのか⁉」

世良が、白目を剝いた。

「はい。悪いと思ってるから、レイミの件を水に流すと言ったんです」

「音菜……何様だと思ってるんだ⁉　たしかに、お前の功績は大きいし、いまでもトップモデルとしての影響力は絶大だ。だがな、いまがピークだ。近い将来、間違いなくレイミに抜かれる。それでも、分を弁《わきま》えていてくれれば、ナンバーツーになったところで事務所の功労者として大切に扱うつもりだ。それなのにお前ときたら、どうだ？　いつまで、女王様気取りでいるつもりだ？　いいか？　お前はもう、レイミを許すとか許さないとか言える立場ではないんだよ。『東京ファッションコレクション』も、メインブランドが云々じゃなくて、出演自体を取りやめることにした」

「なんですって⁉」

音菜は席を蹴り、立ち上がっていた。

「だから、お前の『東京ファッションコレクション』の出演は取りやめたということだ」

「じょ……冗談じゃないわっ。そりゃ、写真に撮られたことは悪かったけど、どうして、私が降ろされるのよ⁉　もとはといえば、レイミばかり推すから私のストレスが溜まったんじゃない！　いままで、どれだけ事務所に稼がせてあげたと思ってるのよ！　一千万くらい、払ってデータを買い取ればいいじゃないっ。その何十倍ものお金、入ってるでしょ⁉」

ファッションモデルにとって最高の晴れ舞台である「東京ファッションコレクション」に出さないと宣告され、音菜の中でなにかが切れた。

世良の仕打ちをたとえれば、ドラマや映画の主役を降板させるのと同じくらいにありえないことだった。

溜まりに溜まった鬱積《うっせき》が、一気に噴出した。

「お前、誰に物を言ってる？　お？　それだけ稼げるモデルになれたのは、誰のおかげだ？あ？　事務所のプロモーションもなしに、美人でスタイルさえよけりゃ誰でもトップモデルになれるとでも思ってんのか？　この際だから言っておくけどな、お前の天狗ぶりには本当に手を焼いていた。芸能界のドンと言われるこの俺に、どれだけ生意気な態度を取ってきたかわかってるのか⁉　お前が言うように、ドル箱モデルだからこそ見逃してきたんだろうがっ。だがな、物事には限界ってもんがある。それに、これ以上の我がままはほかの所属モデルにたいして示しがつかん！」

世良も立ち上がり、口角沫《あわ》を飛ばした。

鬱憤が溜まっていたのは、音菜だけではなかったようだ。

だが、これほどまでに世良に根に持たれていたとは思わなかった。

「なにが示しがつかないよ……正当化しないでよっ。愛人のレイミに、文句言われてるだけでしょうが！」

言った端から、音菜は後悔した。

いくら頭にきたからとはいえ、芸能界の実力者にたいしては決して吐いてはならない暴言だった。

「音菜さん、なにを言ってるんですか！　社長に謝ってくださいっ」

表情を失った久保が、慌てて音菜を促した。

「もう、遅い。お前、クビだ」

それまでとは打って変わった冷え冷えとしたトーンで、世良が短く告げた。

「え……いま、なんて……？」

瞬間、音菜の思考の回転が止まった。

「クビだと言ったんだ」

世良は、声音同様に冷え冷えとした眼で音菜を見据えた。

身体中の毛穴からエネルギーが抜け出したように、体温が下がった。

移り変わりの激しい世界——弱肉強食の世界なので、商品価値がなくなったらお払い箱になるのは仕方のないことだとわかっている。

しかし、自分には無縁なことだと思っていた。

全盛期に比べて上がり目はないとはいえ、商品価値という点では抜きん出ているという自負があった。

雑誌のグラビアの仕事をこなせば、四、五ページで五十万はくだらなかった。

ＣＭも一本、二千万は行った。

依然として、音菜がドル箱タレントであることに変わりはない。

だが、世良がそれでも自分のクビを切る理由……思い当たる節は、ひとつしかなかった。

「この私を……クビ？　社長、それ……本気で言ってるの⁉」

音菜は、世良の言葉を受け入れることができなかった……というより、受け入れるわけにはいかない。

モデル業は音菜にとってのすべて——命だった。

モデルでなくなってしまうということは……つまり、死ねと言われているのと同じだ。

「……レイミね……あのコが、そうしろと言ってるのね⁉」

震える声で、音菜は訊ねた。

「そうであろうがなかろうが、とにかくお前はクビだ」

にべもなく言うと、もう用はないとばかりに世良は背を向けた。

音菜の鼓膜から音が、視界から光が消えた。

10

「信じられる⁉　この私を、クビだって言うのよ！」

音菜の怒声が、西麻布のバー「ドルチェ」の水槽に囲まれたアクアブルーの個室に響き渡った。

行きつけの「Bunny」は、さすがに昨夜騒ぎを起こしたばかりで顔を出しづらかったので、別の店にケンを呼び出したのだった。

「まあ、そんな写真をみせられたから、感情的になっただけだよ。売れっ子モデルの音ちゃんを、追い出すわけないじゃないか。大丈夫だって」

ケンが、諭すように言った。

今夜は、ケンにしか声をかけていなかった。

世良に解雇を言い渡され、仲間と盛り上がる気分にはなれなかったのだ。

「私だって、そう思ったわよ……」

音菜は言葉を切り、ワインをガブ飲みした。

「でもね、違ったのよ。社長は、本気で私をクビにした……レイミに、唆《そそのか》されたに決まってるわ！」

音菜の腹の中で、憎悪の炎がめらめらと燃え上がった。

空けたばかりのグラスになみなみと注いだワインを、音菜は一気飲みした。

「気持ちはわからないでもないけど、この件に関してはレイミは無関係じゃないかな。彼女を庇ってるんじゃなくてさ、天下の世良社長をコントロールする力はないだろ？」

ケンは言うと、ウーロン茶のグラスを口もとに運んだ。

「ドルチェ」に現れたときには既にかなり酔っていた音菜をみたケンは、酒をまったく口にしなかった。

「それが、あるのよ。あの女、社長の愛人なんだからっ」

音菜は、吐き捨てるように言った。

「レイミが、世良社長の愛人⁉　まさか、それはないだろう」

ケンが、欧米人のように肩を竦めて笑い飛ばした。

本気にしないのも、無理はない。

いまだに、音菜も信じられなかった。

世良とレイミがつき合っていることも、自分が事務所から追い出されたことも……。

「私も、最初はそう思ったわっ。でも、本当のことなの。あの女は、私を追い出し自分が一番になるために、社長を誑《たぶら》かしたのよ！　悪魔みたいな女だわ……」

音菜は、込み上げる怒りに歯軋りした。

グラスを空けては注ぐことを繰り返した。

もう、ほとんどボトルは空になっていた。

「音ちゃん、そのへんでやめときなよ。もとはと言えば、昨夜も酒に酔って騒ぎになったんだからさ」

「やめてよ！」

グラスを取り上げようとするケンの手から、音菜は身を捩って避けた。

「それでいま、いやな思いしてるんだろ？　レイミに負けたくないなら、強い意志を……」

「なにも知らないくせに、えらそうなこと言わないでよっ。レイミは枕営業してるから、どんどん出世してるだけじゃない！　あんな売春婦に、まともならこの私が負けるわけないでしょ！」

音菜はスタッフを呼ぶブザーを叩くように押した。

「枕営業とか売春婦とか、確証もないのにやたらなことを言っちゃだめだって。レイミだって、苦労してやっとトップを狙える位置までできたんだからさ」

「は？　じゃあ、なに？　私が、レイミに実力で負けたって言いたいの⁉」

音菜は、据わった眼でケンを睨みつけた。

「失礼します。お呼びで……」

「同じボトル追加！」

ノックに続いてボーイが入ってくるなり、音菜は怒鳴りつけるように言った。

「音ちゃん、これ以上飲むと昨夜の繰り返しになるからさ、本当に、このへんにしときなよ」

ボーイが逃げるように個室をあとにしたのを見計らい、ケンが諭し口調で言った。

「ねえ……」

音菜はケンの隣りに移動すると、男同士がそうするように首に手を回した。

「誰にも言わないからさ、正直に教えてよ」

「なにを？」

ケンが、怪訝な顔を音菜に向けた。

「レイミと、何回寝たの？　あのコ、エッチうまかった？」

音菜が訊ねた瞬間、ケンの顔が強張った。

「それ、マジに言ってるんじゃないよな？」

平常心を保とうとしているのか、ケンが懸命に作り笑いをした。

「マジに決まってるじゃない。どう？　シャブって貰った感想は？」

「最低だなっ。もう、帰るよ」

吐き捨てるように言うと、ケンが席を立った。

「そんなふうだと、どんどんみんなから見捨てられるぞ。後輩モデルに抜かれて動揺するのはわかるけど、いまの音ちゃんは、自分で自分の首を絞めてるようなもんだ」

「うるさいわね！　さっさと出て行けっ、馬鹿野郎！」

音菜は、怒声とともにワイングラスを壁に投げつけた。

甲高い破損音が室内に鳴り響き、赤い液体が白壁に斑模様を作った。

「わかった。そうするよ」

冷めた口調で言うと、ケンは苦虫を噛み潰したような顔で個室から出て行った。

「みんな、死んじゃえばいいのよ！」

音菜はヒステリックに叫び、テーブルの上のグラスや皿を両手で払い落とした。

「ケンさんと揉めた……なにやってるんですか？」

個室に入ってきた久保が、床に散乱するグラスや皿の破片をみて顔色を失った。

「こっちにきて……あんた、社長にしてあげるからさ」

音菜は、縺れた呂律で言いながら、久保に手招きした。

「はい？　音菜さん、なにを言ってるんですか？」

「『グローバルプロ』なんて、こっちから辞めて独立してやるわよっ。あんたを社長にしてあげられるくらいのお金はあるからさ。どう？　モデル事務所の社長よ？　やりたいでしょう？」

「レイミの件で音菜さんがあんなふうに言うから、社長もあとに退けなくなっただけですよ。きちんと謝れば、大丈夫です。僕も一緒に社長にお願いしますから、明日、事務所に行きましょう」

久保が、駄々っ子を諭す母親のように言った。

「いやよっ。なんで私が、あんな独裁者に謝らなきゃならないのよっ。死んでも断るわ！」

音菜は、親指で喉を搔き切るポーズを作りながら吐き捨てた。

「音菜さん、言葉に気をつけてくださいっ。万が一、独立するにしても、世良社長を敵に回したら芸能界でやってゆけません。音菜さん、ここは俺に任せてください」

「どいつもこいつも、ふざけんじゃないわよ！　やっぱり、私のことわかってくれるのは、秀しかいないわね……もう、帰るから、家に送って！」

出口に足を向けた音菜は、バランスを崩し転倒しそうになった。

「今夜は、そうしたほうがよさそうですね」

逞《たくま》しい腕で音菜を抱き止めた久保が、ため息を吐きながら個室をあとにした。

深夜の閑静な代官山の住宅街に、音菜のけたたましい笑い声が響き渡った。

酩酊状態で久保の運転する車で揺られているうちにさらに酔いが回り、わけがわからなくなっていた。

☆　　☆

「危ないから、部屋の前まで送ります」

「久保ちゃ～ん、あんたが送るほうが危ないいんじゃないの～。送り狼じゃなくて送り熊！」

音菜は、久保の広い背中や分厚い胸を平手で叩きながら爆笑した。

「音菜さん、もう、深夜です。近所迷惑ですから……急ぎましょう」

久保は音菜を、エントランス、エレベータへと引き摺るように連れ込んだ。

「ここがラブホだったらよかったのにねぇ～」

足踏みをしながら音菜は、横隔膜が破れそうなほどに笑った。

誰かを殺したいほどに憎み、いますぐ死にたいほどに傷ついても笑うことができる、酒は魔法の飲み物だった。

「酔ってるからって、いい加減にしてください」

久保が、九階のボタンを押しながら言った。

「なに紳士ぶってんのよ！　あんた、私みたいな極上の女とヤリたいと思ってるんでしょう⁉　正直に言いなさいよ！」

「着きましたよ」

音菜の言葉など聞こえないとでもいうように、久保が冷静な声音で言った。

「なに？　降りないの？」

「秀さんの前で、この調子で絡まれたくありませんから。ここで、失礼します」

「でかい身体してるくせに、情けない男ねっ。もしかして、インポ⁉」

音菜の毒舌に反論することもなく、久保は扉が閉まるまで頭を下げ続けていた。

それが、音菜の怒りに拍車をかけた。

音菜がエレベータの扉を蹴りつける音が、共用廊下に鳴り響いた。

「秀ちゃ～ん、帰ってきてあげたからね～」

まさに千鳥足で、九〇六号のドアに向かった。

いくらイライラしていたとはいえ、秀の目の前で翔太とキスしたのはやり過ぎだった。

いいときはチヤホヤしてくれる関係者も、人気に少しでも翳りがみえ始めると掌を返したように離れてゆく。

そんな中でも、変わらない態度で音菜に接し続けてくれるのは、秀だけだった。

これまでの秀にたいしてのひどい仕打ちに、いまさらながら激しい後悔の念に襲われた。

——あんたさ、なんで、いつもそうなの⁉　こんだけ私に怒られてさ、馬鹿みたいにニコニコしててさ、男としてのプライドはないわけ⁉　それとも、稼ぎがなくて私に養われてるから遠慮してるの⁉

——売れないアーティストのくせに、なにかっこつけたこと言ってんのよ！　みんなが、私達のことなんて言ってるか知ってる⁉　音菜ちゃんには不釣合だから、もっと相応しい男をみつけたほうがいいってさ！


過去に秀に浴びせかけてきた罵声が、音菜の脳内に蘇った。

一分、一秒でも早く秀に会い、数々の侮辱を取り消したかった。

そして、変わらずにずっと自分を支え続けてくれてきたことに、感謝を伝えたかった。

「秀……愛してるよ！　秀っ！」

酔いも手伝い、秀への感情が迸《ほとばし》った。

「秀ーっ！」

音菜は叫びながら、玄関のドアを勢いよく開けた。

「愛しい愛しい秀ちゃん、どこにいるの～」

音菜はヒールのまま廊下に上がり、リビングに向かった。

電気をつけたが、無人だった。

リビングを出た音菜は、寝室に向かった。

ここにも、秀はいなかった。

どこかに出かけてしまったのか？

そう思ったときに、微《かす》かにシャワーの音が聞こえてきた。

「なんだ、お風呂？　久しぶりに、一緒に入ろっか？」

服を脱ぎながら、音菜はシャワールームに向かった。

音菜が脱衣所に入った瞬間、シャワールームの扉が開いた。

「秀、私も入るから、まだ上がらないで」

湯気の中から濡れた身体で現れた秀が、音菜を認めて顔を凍てつかせた。

「い、いや、俺……もう出るからさ」

慌てた様子の秀が、音菜を脱衣所から押し出そうとした。

「一緒に入ろう……は⁉　嘘でしょ⁉」

音菜は言葉を切り、素頓狂な声を上げた。

「お邪魔してまーす」

秀の肩越し——全裸のレイミが背後から現れ、人を食ったような顔で言った。

「な、なんで……なんで……」

音菜は自分の干凅《ひから》びた声が、他人のもののように遠くから聞こえたような気がした。

11

「ちょっと……秀……いったい、どういうことなのよ！」
音菜は、腰にバスタオルを巻いた秀の腕を摑み詰め寄った。
視界が、太陽を肉眼でとらえたあとのように、青褪《あおざ》めていた。
漏れて聞こえそうなほどに心臓がバクバクと音を立て、口の中から唾液が干上がった。
体内に流れる血液が沸騰し、脳みそが燃えたぎっているように熱くなっていた。
秀が、自宅に女を連れ込み浮気をしている。
それも知り合い……驚くべきことにレイミだ。
この世で、一番、最悪な女を秀は浮気相手に選んだ。
そもそもふたりは、どうやって知り合ったのか？
秀にレイミを会わせたことはないし、接点はないはずだ。
ならば、レイミから接触してきたのか？

それにしても、秀にはどうやって連絡を取ったのか？

動転と混乱で泡を食っている頭の中は、疑問符で埋め尽くされた。

「なんで、こんな女を連れ込んでるのかって、聞いてるのよ！」

音菜は、爆発した感情を秀にぶつけた。

「いや……その……」

しどろもどろの秀……こんなに歯切れの悪い彼をみるのは、初めてだった。

「あんたに飽きたからに決まってるじゃない」

それまで無言で様子を窺っていたレイミが、勝ち誇ったように言った。

「ふざけんじゃないわよ！」

考える間もなく、音菜はレイミに摑みかかった。

「女の魅力がないんだよ！」

レイミも応戦し、ふたりは互いの髪を引っ張り合った。

音菜は、レイミの鼻の穴と口に指を入れた。

レイミも、音菜の頰や首に爪を立てた。

ヒートアップしたふたりは、モデルにとって命の次に大事な顔を傷つけ合った。

「泥棒女！」

音菜は、フルスイングの平手でレイミの頰を張った。

すぐさま、レイミも張り返してきた。

音菜は奇声を発し、レイミの頭をヘッドロックにしたまま体重を預けて押し倒した。

洗面所の床を、音菜とレイミは揉み合い上に下になりつつ転がった。

「芸能界から消えろっ、消えろっ、消えろ！」

馬乗りになったレイミが、怒声とともに往復ビンタを浴びせてきた。

音菜も、下から拳を突き上げレイミの腹を殴った。

レイミが怯《ひる》んだ隙に、腰を浮かせながら身体を捩った。

バランスを崩したレイミが、床に転がり落ちた。

すかさず体勢を入れ替えた音菜は、レイミの髪の毛を鷲摑みにし後頭部を床に打ちつけた。

「おい、殺してしまうぞ！」

秀の叫びは耳に届いていたが、音菜の手は止まらなかった。

それどころか、床に打ちつける手に力を込めた。

死なせてもいい……というよりか、殺すつもりだった。

「お前なんか、死んじまえ！　死んじまえ！　死んじまえ！」

三回、四回、五回……憎悪の化身となった音菜は、レイミの頭を床に打ちつけ続けた。

レイミは眼球を反転させ、口角から白泡を吹いた。

「いい加減にしろ！」

背中に衝撃——視界に、床がズームアップした。
「おいっ、大丈夫か⁉　しっかりしろ！」
虚ろな音菜の瞳に、レイミを抱き上げ介抱する秀の姿が映った。
これは、悪夢だ。
現実であるわけがない。
秀が自分を差し置き、浮気相手の女性を気遣うなどありえない。
なにより、秀がレイミと肉体関係を持つなど信じられるわけがなかった。

音菜をきつく抱き締めたその腕で、あの女を抱いたというのか？
音菜をみつめるその優しい眼差しで、あの女をみつめたというのか？
音菜に向けられたその微笑を、あの女にも向けたというのか？

もし、そうだとしたら……考えただけで、頭がどうにかなってしまいそうだった。
だが、目の前の秀は、蒼白な顔でレイミの名を呼び続けている。
こんな男は、恋人でもなんでもない。
音菜の知っている秀は、ほかの女性と関係を持つような軽い男ではなかった。
不器用だが誠実で、音菜ひと筋の男だった。

浮気現場を目の当たりにし茫然自失《ぼうぜんじしつ》となっている自分を放置し、レイミを気遣う男が秀のわけがない。

そう、あの男は秀でもなんでもなく、赤の他人だ。

音菜はふらふらと立ち上がり、風呂場に入るとシャワーのノズルを手にし蛇口を捻った
——不潔な男女に水をかけた。

「音菜……やめろ……」

不潔な男が、手を伸ばしノズルを奪おうとしてきた。

「触らないでっ、出て行ってよ！」

音菜は、叫びながらノズルを振り回した。

脱衣所のそこここが、水浸しになった。

「落ち着け、落ち着くんだ！」

なおも、不潔な男が近寄ってきた。

「こないでって言ってるでしょ！　あっちに行って！　行ってってたら！」

音菜は風呂椅子を摑み、秀の顔面に向けて振り下ろした。

硬い手応え——額を押さえる男の指の合間から、鮮血が流れてきた。

女が、恐怖に引きつった顔を音菜に向けた。

音菜は、般若の如き形相で風呂椅子を振り上げた。

女は悲鳴を上げ、下着を引っ摑むと脱衣所から逃げ出した。

男も、這いずるようにして女のあとを追った。

ひとりになった浴室に、音菜の荒い呼吸が木霊《こだま》した。

水を撒き散らしながら生き物のように跳ね回るノズルを、音菜は虚ろな瞳で見下ろした。

☆　　☆

「九百五十一、九百五十二、九百五十三、九百五十四、九百五十五、九百五十六、九百五十七、九百五十八……」

真っ暗な浴室で四つん這いになった音菜は、洗剤で泡立てたスポンジでタイルを磨き続けていた。

もう一時間近く磨き続けているが、「汚物」は一向に取れなかった。

この浴室のタイルは、秀とレイミのおぞましい情事の残滓《ざんし》で汚染されていた。

ふたりの汗や体液が付着していると考えただけで、頭が爆発しそうなほどにおぞましかった。

「千五十一、千五十二、千五十三、千五十四、千五十五、千五十六、千五十七、千五十八……」

なにかに憑《つ》かれたように、音菜はタイルにスポンジを擦りつけた。
ワンピースを脱ぎ捨て下着姿の音菜は、全身汗みどろだった。

消えろ、消えろ。

音菜は、呪文のように呟いた。
スポンジがボロボロになり、指の皮が捲《めく》れた。
タイルが、滲み出る鮮血で赤く染まった。
レイミの愛液を、跡形なく消し去りたかった。

ここにも！　ここにも！　ここにも！　ここにも！　ここにも！　ここにも！　ここにも！　ここにも！
ここにも！　ここにも！　ここにも！　ここにも！　ここにも！　ここにも！　ここにも！　ここにも！

ここにも！　ここにも！


音菜は、そこら中に付着するレイミの愛液を、狂ったようにスポンジで拭い取ろうとした。

「消えない……消えない……消えないっ！」

音菜は絶叫し、壁を蹴りつけながら、風呂椅子を脱衣所の鏡に投げつけた。

鏡の割れる甲高い破損音が、微かに残っていた音菜の平常心を破壊した。

音菜は、寝室に駆け込んだ。

「なんで……？　嘘でしょう……？」

ベッドのシーツの乱れを前に、音菜は呆然と立ち尽くした。

自分との「聖域」で、なにをしていたというのだ？

自分との「聖域」で、まさか、あの女を抱いたというのか？

「なによ……これ……？」

音菜は、フローリングに転がる丸まったティッシュを拾い、においを嗅《か》いだ。

生臭いにおい……精子のにおい。

四つん這いのレイミを、後ろから攻め立てる秀の姿が脳裏に浮かんだ。

秀のセックスは、普段の温厚さとは別人のように激しく荒々しいものだった。

しかも、献身的な性格が嘘のように、サディスティックになる。

愛撫をしながら、卑猥《ひわい》な言葉を言わせようとする。

それを言わなければ、愛撫をやめてしまうという意地悪なプレイだ。

――ほら、秀さんの硬い肉棒がほしいです、って言えよ。私の、じゅくじゅくに濡れた私のスケベなあそこにぶち込んで……って、言ってみろよ。

人が変わったような秀の言葉責めは、音菜をひどく興奮させた。

――おいおいおい、まだ触ってもないのに、なにこんなに濡れてるんだよ？　お前は、どうしようもない下品でスキモノの雌《めす》ブタだな。俺じゃなくても、突っ込んでくれればどんな男でもいいんだろうが？　この、淫乱な売女が！

いつもは罵倒し顎でこき使っている秀に、逆にイジめられ、焦《じ》らされながらのセックスは最高だった。

秀と数かぎりなく愛し合ったこのベッドで、レイミも、自分と同じように焦らされ、イジめられたというのか？

「汚らわしい！」

音菜は叫び、寝室から飛び出した。

トイレの収納棚から洗浄剤と柄付きタワシを取り出し、寝室に戻った。

キャップを開け、ボトルの中の洗浄剤をすべてベッド上に撒いた。

鼻粘膜を刺激する洗浄剤のにおいが、鼻腔をついた。

音菜はベッドに乗ると、洗浄剤でびしょ濡れになったシーツを柄付きタワシでゴシゴシと擦り始めた。

「汚らわしい！　汚らわしい！　汚らわしい！　汚らわしい！　汚らわしい！　汚らわしい！」

ブラジャーとパンティをつけただけの格好で、音菜は鬼の形相で叫びつつタワシを持つ腕を激しく前後させた。

シーツが裂け、マットレスが剝き出しになっても音菜はタワシを動かす手を止めなかった。不意に音菜はタワシを放り捨て、キッチンに行くと包丁を手に寝室に戻った――ベッドに飛び乗り、切っ先をマットレスに突き立てた。

両手で包丁の柄を握り、突き、裂き、抉《えぐ》った！


突き、裂き、抉り、突き、裂き、抉り、突き、裂き、抉り、突き、裂き、抉り、突き、裂き、抉り、突き、裂き、抉り、突き、裂き、抉り、突き、裂き、抉り、突き、裂き、抉り、突き、裂き、抉り、突き、裂き、抉り、突き、裂き、抉り、突き、裂き、抉り、突き、裂き、抉り、突き、裂き、抉り……。


マットレスからスポンジがはみ出し、スプリングが飛び出した。

「ここでなにやったの⁉　あのブスのタラコ唇にキスしたわけ⁉　あのブスの貧乳を揉んだわけ⁉　あのブスにへたくそなフェラをして貰ったわけ⁉」

四つん這いになった音菜は、マットレスをズタズタに引き裂きながらひとりで喚いた。

「私の身体とどっちがきれいだった⁉　私の胸とどっちの形がよかった⁉　私のフェラとどっちがうまかった⁉　私のセックスとどっちがよかった⁉　ねえっ、どっちがよかったのよ！」

天を仰ぎ、音菜は絶叫した。

視線を感じ、音菜は振り返った。

ドレッサーの鏡に映る下着姿の女が、音菜をみつめていた。

髪はボサボサで、涙で瞼は腫れ、アイラインとルージュは滲み、血走った眼の下に黒い隈が張りつく女は醜く滑稽だった。

音菜は、神に感謝した。

あの女のような醜女《しこめ》に生まれてこなかったことを……。

「なにみてんのよ！　その不細工な顔がうつるじゃない！」

音菜は女を指差し、怒鳴りつけた。

女も、音菜を指差した。

「まねしたって、私みたいに美しくはなれないから。私を誰だと思ってんの？　日本で一番有名なトップモデルよ」

音菜は腕組みをし、優越感に満ちた微笑を浮かべた。

女も腕組みし、同じように微笑んだ。

「あんた、私の話聞いてた⁉　どんなに行動をまねてもさ、もともとの造りが違うんだからさ。私に少しでも近づきたかったらさ、まずは身嗜《みだしな》みを整えなさいよ。なによ？　そのボッサボサの髪はさ。アイラインもタヌキかパンダかってくらいに滲んでるし、眼も真っ赤に充血してるし隈も凄いし……だいたい、なんでそんなに汗かいてるわけ？」

音菜は、女の全身に侮蔑的な視線を這わせながら、呆れた口調で訊ねた。

音菜は、髪の毛を掻きあげた。

女も、髪の毛を掻きあげた。

「いい加減にしないと、本気で怒るわよ。いまのうちに、私の前から消えて」

音菜は、野良猫を追い払うように右手を払った。

女も、左手を払った。

「あんた、私を馬鹿にしてんの！」

音菜は、ドレッサーの椅子を女に投げつけた。

甲高い破損音――女に罅《ひび》が入り、音菜の目の前から唐突に消えた。

「どこ⁉　どこに隠れたの⁉」

音菜はヒステリックに叫びながら、クロゼットのドアを開けた。

女はいない。

「出てきなさいっ。警察呼ぶわよ！」

腹這いになり、ベッドの下を覗き込んだ。

女はいない。

「どこ⁉　どこ⁉　どこ⁉　どこ⁉　どこ⁉　どこ⁉　どこ⁉　どこ⁉　どこ⁉　どこ⁉

どこ⁉　どこ⁉　どこなのよーっ！」
音菜は絶叫し、寝室を飛び出し部屋中を探し回った。

12

表参道の街路樹が、赤く燃えていた。

カフェも、ブティックも、赤く燃えていた。

赤く見えるのは、自分の眼が涙で充血しているせいなのか？

ということは、ウサギのように眼球が真っ赤に充血しているのか？

いや、ウサギの眼が赤いというのは思い込みで、実際は、ほとんどが黒い瞳をしている。

「モデルの旬が短いなんて、誰が決めたのよっ。ウサギの眼と同じじゃない！　十年も二十年もトップで売れ続けるモデルがいるかもしれないじゃない！　少なくとも、私はそうなるわっ。レイミみたいな三流モデルとはわけが違うのよ！　だいたい、レイミなんかのどこがいいのよ⁉　あの二重は手術したに決まってるわ。いいえ、眼だけじゃなく、鼻だって、胸だって、全部、イジってるに違いないわ！　私と違って、元は一重で、鼻が上向いてて、ペチャパイで、不細工な女だったのよっ。どいつもこいつも、そんなことも知らないで、ちやほやちやほやして、なんなのよ！　秀も秀だわっ。なんで、あいつなのよ！　あんな女と浮気するなら、オカマのほうがまだましよ！　あの男さ、もしかして、ブス専だったわけ⁉　ブス専と、私は同棲してたわけ⁉　冗談じゃないわっ。あーよかった！　あんな貧乏の売れない歌手で変態のブス専と別れられて、あーせいせいしたわ！　あーせいせいした！　あーせいせいした！」

髪を振り乱し、ヒステリックに叫びながら歩く音菜に、通り過ぎるカップルが驚いたように振り返り、サラリーマンふうの男性が弾かれたように眼を逸らした。

「まことちゃん、だめっ」

凝視している幼子の手を、慌てて母親が引っ張った。

「ちょっと、待ちなさいよっ」

音菜は、鬼の形相で母子の前に立ちはだかった。

「な、なんですか……？」

「どうして逃げるのよ！」

顔を引きつらせる母親に、音菜は血相を変えて詰め寄った。

まことという少年は、泣きべそ顔になっていた。

「これ以上近づくと、け、警察に……」

音菜は母親の頰を張り飛ばし、足もとに唾を吐き捨てると踵を返して早足で歩き始めた。

「あんな頭のおかしな女、相手にしてる暇ないのよっ」

毒づきながら、歩を速める音菜の向かう先は「グローバルプロ」だった。

——レイミが土下座して謝らないなら、事務所を辞めると言ったんです。

「Bunny」のVIPルームで勃発したレイミとの大喧嘩で、事務所に呼び出された音菜は世良に仲直りするように命じられたが拒絶した。

レイミに勢いがあるといっても、音菜とは事務所にたいしての貢献度が違うという自負があった。

業界の中でのモデルとしての格も、実績もレイミとは比べものにならなかった。

仲直りしろと言う世良も、音菜が退かなければ折れると思っていた。

——なら、辞めるがいい。

予想に反して、世良は折れるどころか強気な姿勢を崩さなかった。

——私、事務所を辞めるって言ってるんですよ⁉

――聞こえてるよ。俺の命令が聞けないなら、勝手にしろと言ったんだ。ただし、専属契約書に、事務所側に非がないケースで辞めた場合、三年間は一切の芸能活動ができないと明記されていることを忘れるな。

いま思い出しても、脳みそが爆発してしまいそうな怒りが込み上げた。

だが、音菜は我慢した。

人間、誰しも過ちはあるものだ。

世良も、いま頃、自分にたいしての発言を後悔しているに違いない。

悪かった、戻ってきてほしい。

プライドの高い世良は、心では何百回も言っただろう詫びの言葉を口にすることができない。

わざわざ音菜が自分から「グローバルプロ」に出向いて行く理由は、レイミへの制裁だった。

仕事のみならず、恋人まで奪ったレイミのことは絶対に許せない。

世良にしても、愛人がほかの男と浮気したとなれば見過ごせはしないだろう。

レイミを潰すということにおいて、自分と世良は目的が一緒なのだ。

レイミを地獄へ叩き落とすためなら、世良に歩み寄るくらいどうということはない。

結果、伝説のトップモデルを失わないで済むのだから、ある意味、世良はレイミに感謝しなければならないのかもしれない。

ガラス張りの外壁のビル――「グローバルプロ」の自社ビルのエントランスに駆け込んだ音菜の前を、人影が遮った。

「すみませんが、どちらにご用でしょうか?」

人影は、下腹が醜く突き出た警備員だった。

「世良社長に会いに行くのよっ」

「失礼ですが、どういったご用で?」

面倒臭そうに言い、エレベータホールに向かおうとする音菜の行く手をふたたび警備員が遮った。

「はぁ⁉ あんた、私のこと知らないの⁉」

音菜は、目尻を吊り上げ警備員に詰め寄った。

「はあ……存じ上げませんが……」

警備員が、困惑した表情になった。

「あんた、ここで警備員やってて、私の顔をみても誰だかわからないっていうの⁉」

音菜は、ヒステリックに叫んだ。

天下の一流モデルの福山音菜を、所属事務所の警備員が知らないとは……プライドが、ズタズタになった。

「あ……すみません。どちら様でしょうか？」

「『グローバルプロ』のエースモデルの福山音菜を知らないなんて、あんた、クビね」

音菜は、憎々しげに言い放った。

「あなたが、音菜さんですか？」

警備員が、怪訝そうに言った。

「あたりまえじゃないっ。なに言ってるのよ！」

「でも……」

警備員は、音菜の顔をまじまじとみつめた。

「私のこと、馬鹿にしてるの⁉」

「いえ……そんなことは……ただ、お顔が違う気が……」

「あんた、ふざけるんじゃない……あ、ちょっと！」

タイミングよく、久保がエレベータから降りてきた。

「この警備員が、ふざけたことを言ってるのよ！」

「ちょ……ちょっと、なんですか、あなたは！」

駆け寄る音菜に、久保が顔を強張らせ後退りした。

「私よっ、音菜よ！　あんたまで、わからないなんて言うつもり！」

「音菜さんなんですか⁉」

びっくりしたように、久保が眼を見開いた。

警備員といい久保といい、いったいどういうことだ？

まさか……「どっきり」？

メジャーなトップモデルの福山音菜なら、ありえない話ではない。

だとすれば、どこかに仕込まれたカメラで、すべてを映されているということだ。

さっきから、警備員や久保にたいしての音菜の言動は、イメージダウンもいいところだ。

あとで、久保に命じてテレビ局にかけ合わせ、編集させなければならない。

「いやね、もう。あたりまえじゃない」

それまでとは一転して、音菜は微笑みを湛え柔らかな口調で言った。

「いったい、なにがあったんです？」

久保が、音菜の顔を凝視しながら訊ねてきた。

「『どっきり』でしょ？」

音菜は、久保に近づき小声で訊いた。

「え？　なんのことです？」

「惚けなくていいのよ。隠しカメラ、どこにあるの？　局はどこ？」

「『どっきり』なんかじゃありませんよ。いま、昼飯を買いに行こうとしてたんですよ」

「『どっきり』じゃないの!? じゃあ、あんたも警備員も、本当に、私のことわからなかったっていうわけ!?」

ふたたび、音菜は激しい口調で久保に食ってかかった。

テレビカメラが回っていないのであれば、装う必要はない。

「音菜さん、鏡をみてないんですか?」

「それ、どういうことよ! そんなことより、社長に話があるから、ついてきて」

「あ、ちょっと、音菜さん……いまはまずいですよ!」

追い縋《すが》る久保を振り切り、音菜はエレベータに乗った。

「まずいですって! 社長は、アポなしを嫌いますからっ」

扉が閉まる寸前に駆け込んできた久保が、血相を変えて言った。

「私は大丈夫よ。あなた、知ってるじゃない」

「それは、昔の話です。いまは、まずいですって」

「なんでいまはまずいのよ! うるさいこと言うなら、ついてこなくていいわっ」

十階——扉が開くと同時に飛び出した音菜は、社長室に向かって駆けた。

「音菜さん、待ってください!」

もちろん、待つわけがなかった。

音菜は、ノックもせずに社長室のドアを開けた。

「誰だ、お前？」

ゴルフの素振りをしていた世良が、訝しげな表情を向けた。

「みんなして、なんのつもり⁉　音菜よっ。忘れるほど、時間経ってないでしょ！」

音菜は、世良に詰め寄った。

「音菜⁉　なんだその顔？　それに、なんの用だ？」

「私、戻ってあげてもいいわよ」

一転して、音菜は穏やかな口調で言った。

「は？　なんだいまさら。戻らなくていいから、帰ってくれ」

世良は素っ気なく言い放ち、背中を向けてゴルフの素振りを再開した。

「レイミ、私の彼氏と浮気したのよ。家に帰ったら、ふたりでシャワー浴びてたわ。いいの？　そんなこと許して。クビにしたほうがいいんじゃない？　大丈夫よ。レイミなんていなくても、私が何倍も稼いであげるから」

「お前、なに言ってるんだ？」

世良が素振りを続けながら言った。

「嘘だと思うなら、レイミに訊いてみれば？　まあ、認めないでしょうけどね」

「俺が言ってるのは、そういうことじゃない。レイミが浮気しようがクスリやろうが、お前を戻す気はまったくない。わかったなら、帰れ」

「どうして⁉　あの女、あんたの愛人でしょ⁉　愛人が、浮気してるのよ⁉　しかも、同じ事務所のモデルの同棲相手とよ⁉」

「どんなレイミだろうと、いまのお前よりはましだ」

「なんで、そこまでしてあんな売春婦みたいな女を……」

「人のことをつべこべ言う前に、自分の顔をみてみろ！」

唐突に世良は怒声を上げ、素振りする自分を映していた姿見を抱えて音菜の前に置いた。

「なに言ってんのよっ。いつも、自分の顔はみてる……」

音菜は、姿見に映る自分をみて絶句した。

髪の毛はボサボサに乱れ、顔中に爪で掻き毟《むし》った傷痕が幾筋も走り、眼の下は赤く腫れ上がり、充血した白目には罅割れのような毛細血管が浮き出て、口もとは涎《よだれ》でべとべとになっていた。

「こんなの……私じゃない……」

無意識に動いた唇から、掠れた声が零れ出た。

「いいや、この化け物みたいな女が、いまの福山音菜だ」

世良の冷え冷えとした声が、音菜の微かに残っていた理性を消滅させた。

「嘘よ……嘘……いやよ……違う……こんなの……いや……いやーっ！」

姿見の中の「化け物」が、髪の毛を掻き毟り眼球が飛び出さんばかりに目尻を裂きながら絶叫した。

13

「一、二、三、四、五、六、七、八、九、十、十一、十二……」

渋谷の「東急プラザ」の地下――トイレの洗面台に立った音菜は、顔の傷の数を数えた。

額に四本、右頬に六本、左頬に五本、鼻の頭に二本、顎に三本……ざっと数えただけで、顔に走る傷の数は二十本に達していた。

浅い傷まで含めれば、三十本近くになるだろう。

「あの女、許せない……秀を奪っただけじゃなく、私の顔をこんなにして……」

レイミは言いながら、いま購入したばかりのチューブの軟膏《なんこう》を傷に塗った。

早く治さなければ、撮影やショーに影響が出てしまう。

ケンも、さぞや心配していることだろう。

「スタイリッシュ」は、自分がいなければ始まらない。

自分がいない「スタイリッシュ」は、炭酸の抜けたコーラ、イチゴがのってないショートケーキと同じでインパクトに欠ける。

もしかしたなら、いま頃、音菜のマンションの前で待っていてくれるかもしれない。

音菜の携帯電話にケンから一本の着信も入っていないのは、世良に圧力をかけられているからに違いない。

——俺が言ってるのは、そういうことじゃない。レイミが浮気しようがクスリやろうが、お前を戻す気はまったくない。わかったなら、帰れ。

つい数時間前、「グローバルプロ」の事務所で言われた世良の言葉が、音菜の心の傷を抉った。

「グローバルプロ」への復帰を直談判したときの世良の態度で、音菜はすべてを悟った。

黒幕はレイミにコントロールされた世良で、音菜潰しに躍起になっているのだ。

世良は、音菜の活動だけでなく、支援者にたいしても潰しにかかっている。

個室から出てきた初老の女が洗面台で手を洗いながら、怪訝な表情で音菜をみた。

「なんですか!?」

音菜は、不機嫌な顔を老婦人に向けた。

「失礼だけど、なにを塗ってるの？」

老婦人の視線が、音菜の手もとの軟膏のチューブに移った。

「なにって……傷薬だけど？」

「傷薬⁉　それが？」

驚いたように、老婦人が眼を見開いた。

「さっきから、いったい、なにが言いたいの⁉」

音菜は傷薬を塗る手を止め、老婦人のほうに向き目尻を吊り上げた。

「だって……それは、傷薬なんかじゃなくて練乳のチューブでしょう？」

「は⁉　そんなわけない……」

チューブに印刷された牛の絵をみて、音菜は言葉を失った。

老婦人の言うように、音菜が手にして傷に塗っていたのは軟膏ではなく練乳だった。

「やだ……店員が間違ったのね！」

「間違えたって、まさか、傷薬と？　あんた、薬局でそれを買ったわけじゃないだろう？

どうやったら、傷薬と練乳を……」

「うるさいわねっ、殺すぞクソ婆《ばば》あ！」

音菜の怒声に、老婦人が表情を強張らせ逃げるようにトイレから駆け出した。

「もう！」

練乳のチューブを壁に叩きつけた音菜は、鏡の中の自分を睨みつけた。

傷だらけの顔は練乳でベトベトになり、墨で塗ったような隈ができ、白目は充血し、眼の縁は赤く膨らんでいた。

——この化け物みたいな女が、いまの福山音菜だ。

脳裏に蘇る世良の声が、音菜を絶望の縁に叩き落とした。

「私……どうなっちゃうんだろう……」

音菜は、底なしの恐怖に襲われた。

このまま、モデル業界から干されてしまうのだろうか?

このまま、誰からも忘れられ、凡庸な生活を送るようになってしまうのだろうか?

いや、それならば、まだましだ。

凡庸な生活さえも送れないほどに精神が壊れ、廃人のようになってしまうのだろうか?

モデル業界の人間どころか、世間の誰からも相手にされなくなってしまったなら……。

不意に胃が収縮し、胃液が食道を逆流した——白い洗面台を汚す吐瀉《としゃ》物に、涙が落ちて弾けた。

もう、自分は終わってしまったのか……。

弱気の虫が首を擡《もた》げた。

そうよ、あなたの時代は終わった。

すべてが、古いのよ。

私服のセンス、表情の作りかた、ポージング……もっと言えば、顔の造り自体がいまふうじゃないわ。

それに比べて、レイミは私服のセンス、表情もポージングも洗練されている。

顔の造りもいまふうで、人気ファッション誌の「なりたい顔ベスト10」で一位に選ばれた。

因みに、あなたは昨年までは二年連続一位だったけど、今年は四位にランクダウンしてる。

それが、いまのあなたの評価よ。

来年からは、もっと下がり続けるでしょうね。

そして、そう遠くない将来、福山音菜は過去の人になるのよ。


「私が……過去の人……」

音菜の口から、干涸びた声が零《こぼ》れ出た。

あの女に、恋人を寝取られエースモデルの座も追われ……レイミは、自分からすべてを奪った。

奥歯を、きつく嚙み締めた——口の中に、血の味が広がった。

両拳を、きつく握り締めた——掌の皮を、十指の爪が抉った。

「認めない……」

押し殺した声を、音菜は絞り出した。

音菜は、右腕をまっすぐ突き出した。

拳に激痛――破損音とともに鏡が罅割れた。

トップモデルは私だということを、あの女に思い知らせてやるわ。

血が滲む拳を虚ろな眼でみつめつつ、音菜はレイミに宣戦布告した。

☆　☆

青山の骨董通り沿いに立つ白亜の建物――「Bunny」の看板に、音菜の胸は懐かしさに包まれた。

芸能界、スポーツ界、実業界などの業界人が足繁く通う、「Bunny」は音菜の聖域であり成功の証だった。

それなりの芸能人でも「Bunny」で遊ぶことはできるが、ＶＩＰルームを使用できるのは選ばれし者だ。

その中でも音菜は、ＶＩＰ中のＶＩＰだった。

今日は連絡なしでいきなり訪れたので出迎えはないが、いつもは店長の佐竹がビルの前で待っててくれ、音菜をＶＩＰルームまで案内してくれる。

そうでもしなければ、一般客に気づかれパニックになってしまうからだ。

ケン達は、今夜もＶＩＰルームで呑んでいるに違いなかった。

世良の圧力で連絡を取りたくても取れないケンのために、音菜自らが、「Bunny」に出向いてきたのだ。

考えてみれば、「Bunny」でレイミと揉めたのがケチのつき始めだった。

再スタートを切るには、音菜にとっての「聖域」が相応しかった。

音菜はエントランスに入り、エレベータに乗った。

地下一階で止まったエレベータの扉が開いた。

音菜の視界に、王朝宮殿ふうの二本のピンク大理石の門柱が現れた。

門柱に挟まれた特大の観音開きの扉の両側に、体格のいいふたりの黒服が厳しい顔で立っていた。

ふたりは、ＩＤチェックをするための黒服だ。

「Bunny」に入るには、免許証、パスポート、社員証、学生証のいずれかを提出しなければならない。

年齢チェックが主な目的だが、「Bunny」は服装チェックも厳しい。

男性は短パン、Ｔシャツ、ジーンズ、七分丈のパンツ、アロハ、派手な柄シャツなど、カジュアル過ぎる服装はＮＧだ。

たとえジャケットを着用していても、品が悪い、センスがない、不潔っぽいと黒服に判断されれば入店を拒否される。

パンチパーマやスキンヘッドは論外で、セットされていない乱れた長髪などもＮＧだ。

男性ほど厳しくはないが、女性もタンクトップや下品でセンスのない服装は入店を断られる。

パリの社交界仕込みの「上質な空間」の提供という、オーナーであるバーブ佐藤の信念が妥協を許さない経営スタイルとなって現れていた。

「お客様、身分証の提示をお願いします」

扉を開けようとした音菜を、肌が浅黒い黒服が遮った。

「私は、顔パスだから」

「身分証の提示をお願いします」

リプレイされたＤＶＤのように、黒服が同じ言葉を繰り返した。

「あなた、耳が聞こえないの⁉　私はね、バーブの友人で、『Bunny』の常連よ！」

音菜は、血相を変えて黒服に食ってかかった。

「身分証を提示して頂けないのなら、入店をお断り致します」

黒服は、表情ひとつ変えずに言った。

「バーブを呼んで！」

「オーナーは今夜は店にいらっしゃいません」

「じゃあ、佐竹……店長を呼びなさいっ！」

「その必要はありません。お引き取りください」

「あなた、福山音菜を知らないわけ⁉　日本を代表するトップモデルで『Bunny』のＶＩＰ中のＶＩＰにこんな対応して、ただで済むと思ってるわけ⁉」

音菜の金切り声が、エントランスに響き渡った。

「どこのどなたであっても、少なくともいまのお客様は『Bunny』に相応しくありません」

「はぁ⁉　ドレスコードも引っかかってないし、私のどこに問題があるっていうのよ⁉」

『Bunny』に行くために、音菜は一度自宅に戻りシャネルのキャミワンピに着替え、顔の傷もファンデーションで目立たないように入念にメイクを施してきたのだ。

「とにかく、お引き取りください」

「あんたじゃ話にならないわ！　佐竹を……」

「お呼びですか？」

背後から、声をかけられた。

振り返った音菜の視線の先——小柄で色白の男……佐竹が立っていた。

「ああ、よかった……ねえ、佐竹ちゃん、この男、私を入店拒否するのよっ。バーブに言ってクビにしてちょうだい！」

音菜は、黒服を指差し佐竹に命じた。

無知が故に、この黒服は職を失うことになる。

愚かな男だ。

「それはできません。音菜さん、申し訳ありませんがお帰りください」

佐竹が、眉ひとつ動かさずに言った。

「なんですって……いま……なんて言ったの？」

完璧なる召使いだった佐竹の言葉であるはずがない。

きっと、聞き間違いに違いなかった。

「お帰りくださいと言ったのです。因みに、オーナーから音菜さんを店に入れないように命じられています」

「嘘……嘘よ……いい加減なことを言うんじゃないわよ！」

佐竹に摑みかかろうとした音菜の前に、黒服ふたりが立ちはだかった。

「つまみ出せ」

低く冷徹に言い残し、佐竹が観音開きの扉の向こう側に消えた。

「ちょっと、佐竹ちゃん……待って……待ちなさいよ！」

屈強な男達に音菜は両腕を摑まれた——身体が浮いた。

「放してっ、放して！　放せーっ！」

音菜は抵抗したが、黒服達の万力のように強い力に摑まれた腕はビクともしなかった。

呆気なくエレベータに乗せられ、一階フロアで扉が開くと力任せに引き摺り出され、ゴミ袋のように路上に放り出された。

アスファルトに臀部《でんぶ》を強打した音菜は仰向けに倒れた――腰が痺れ、立ち上がることができなかった。

「おい、喧嘩か？」

「女だぜ⁉」

「やだ……怖いわ、あの女の人……」

「完全に眼がイッてるな。クスリでもやってんだろ」

野次馬達が集まり、口々に囁いた。

「あの女、もしかして、モデルの音菜じゃね？」

「音菜って、あのトップモデルの福山音菜⁉　そんなわけないじゃん。あんなヤク中みたいな女と一緒にしたら、福山音菜に怒られるぞ」

「ほんとだよ。あの女、病院から抜け出してきたんだよ、きっと」

野次馬達の会話が、切っ先鋭い矢尻のように音菜の胸に突き刺さった。

「あんたら、勝手なこと言ってんじゃないわよ！　私はカリスマモデルの福山音菜よ！　嘘じゃない！　ヤク中でも精神異常者でもない！　私は、日本一美しい福山音菜よ！」

音菜の絶叫が、憐れに虚しく漆黒の夜空に吸い込まれていった。

14

表参道の交差点を、原宿方面に向かって音菜は颯爽と歩いた。

ファッショナブルなビルやパリの匂いを感じさせるお洒落なカフェ——やはり、自分には青山がよく似合う。

新宿や渋谷は人を選ばないが、青山は違う。

青山は、選ばれし者だけが集うことが許される街だ。

洗練された者しか歩いてはならない。

美人でない者は歩いてはならない。

センスのない者は歩いてはならない。

これが、音菜の持論だ。

もっとはっきり言えば、男も女もモデル以外は青山を歩いてほしくはない。

正面からシャネルの衣装で固めたブス女が歩いてきた。

せっかくのシックなデザインも、ブス女の単一電池のような体型に着られたら台無しだ。

タコ糸で縛られた焼きブタさながらの腕にかけられたニューモデルのトートバッグも泣いている。

腫れぼったい一重瞼につけられているつけ睫《まつげ》に、タラコ唇に塗られたルージュに、なんの意味があるのだろうか?

もしかして、美しくかわいくみせようとでも思っているのか?

だとしたならばそれは、力士がタイトなアルマーニのスーツを着ようとするのと、不摂生の塊の中年サラリーマンがウサイン・ボルトに百メートル走で挑むのと同じくらいに無謀な行為だ。

「ブタみたいな身体して青山を歩くんじゃないわよ」

擦れ違いザマに、音菜はブス女に忠告した。

今度は、横断歩道を渡りきった銀行の前でスマートホンをイジるゴスロリファッションに身を包んだ十代の女性が視界に入った。

皮下を流れる血液が沸騰し、こめかみに血管が浮き出した。

ゴスロリ女は、ブス女より始末が悪い。

個性的という言葉を盾にしてはいるが、音菜からみればへたくそな絵しか描けない者がピカソを気取った落書きに付加価値をつけようとする犯罪級の勘違い人間だ。

「原宿に戻りなさい！」

音菜はスマートホンを取り上げ、一喝した。

「返してください……なにするんですか？」

「あら、ごめんね」

スマートホンを地面に落とし、音菜は明治通りに足を向けた。

高級ブランドショップが並ぶ通り沿いに、日本一の出版部数を誇るファッション誌……「スタイリッシュ」の版元である幻秋社の自社ビルが建っていた。

ガラス張りのビルの前で足を止め、音菜は小さくため息を吐いた。

昨夜、ケンに会いに「Bunny」に行った。

音菜が「グローバルプロ」を解雇され、「スタイリッシュ」の専属モデルから外れて一番困っているのはケンだ。

部数は急落、視聴者からのクレームの嵐……編集長として、ケンの責任問題に発展する可能性さえあった。

ケンとは、たくさん喧嘩もしたが、家族のように気心の知れた仲だった。

彼を、ともに戦ってきた同志として見捨てるわけにはいかない。

だからこそ音菜は、わざわざ「スタイリッシュ」を訪れてあげたのだ。

エントランスに足を踏み入れた音菜の視線が、待ち合いソファに座る女性に吸い寄せられた。

ミルクティーヘアの欧米系のハーフ顔をした女――レイミが、取り巻きの男三人と談笑していた。

それも当然だ。

三人の男の顔には、見覚えがあった。

三人は音菜の専属ヘアメイクの石田と数々のファッションショーを手がける呑み仲間の勝也と、そして、ケンだ。

音菜のブレーンの三人が、レイミの機嫌を取るように盛り立てていた。

内臓が業火に炙《あぶ》られたように熱くなり、頭が白くなった。

噛み締めた奥歯が、ギリギリと鳴った。

音菜は、深呼吸し気を落ち着かせた。

これまで、怒りに任せて行動し損ばかりしてきた。

音菜が損するたびに、得をしてきたのがレイミだ。

自分から仕事と恋人を奪い……殺しても殺したりないくらい憎いレイミに摑みかかり、メチャメチャに引っぱたき、顔が崩壊するまでヒールで踏みつけてやりたかった。

だが、ここは我慢だ。

福山音菜は、精神的におかしくなった。

なにをされるかわからないから、相手にしないほうがいい。

こういう噂が広がり、音菜が芸能界やファッション業界で相手にされなくなれば、レイミの思う壺だ。

あんな二流モデルの思いどおりにはさせない。

自分が取り乱しヒステリックにさえならなければ、レイミなど敵ではない。

日本一のカリスマモデルの実力を、いやというほどにみせつけてやる。

「あら、みんな、お揃いで」

音菜は、笑顔で声をかけた。

「お、音ちゃん……?」

ケンが、強張った顔を音菜に向けた。

ケンだけではなく、レイミ、石田、勝也も同様に驚いた顔になっていた。

レイミといるところに突然に自分が現れたのだから、凍てついたリアクションになるのも無理はない。

「なんか、ゴタゴタして迷惑かけちゃってごめんね。いろいろあって事務所は辞めることになったけど、ケンのことは裏切らないから安心して」

音菜は、穏やかに語りかけながらケンの隣りに腰を下ろした。

正面に座っているレイミの視線が頰に突き刺さったが、無視した。

レイミのことは、いまここに存在しないものと決めていた。

彼女を正視すれば、冷静さを保つ自信がなかった。

「音ちゃん……その顔の傷、どうしたの？」

遠慮がちに、ケンが訊ねてきた。

ケンが、傷を気にするのは当然だ。

モデルは顔が命――ファッション誌の表紙を飾るモデルならばなおさらだ。

「ちょっと、引っかいちゃって。でも、傷は深くないから二週間もすれば大丈夫よ。それより、次の撮影っていつ頃に入りそう？」

もし、撮影日が近いようならば、傷が目立たなくなるコンシーラの類を買い揃えておかなければならない。

「え……？」

ケンが、返事に窮した。

レイミを気遣っているのだろう。

少し前までの音菜なら、激しくケンに嚙みついたに違いない。

ケンだけにでなく、勝也にも石田にも……まるで、狂犬のように誰彼構わず嚙みつき、暴言を吐いたのちに評価を落とす。

音菜の株が急落するのと反比例するように、レイミの株は急上昇する。

もう、損な役回りはごめんだ。

「だから、『スタイリッシュ』の撮影よ。あ、勝也も、ショーの予定とかわかったら早目に教えておいてね。スケジュール、空けとくからさ」

「音ちゃん、悪いけどさ……ウチの雑誌、プロダクションに所属していないコは無理なんだ」

「あ……俺も、そうなんだ。メーカーとの契約とかなんとかあるから、フリーのモデルさんはちょっと……」

ケンと勝也が、申し訳なさそうに言った。

「もう、ふたりとも、なに水臭いこと言ってるのよ。フリーって言ったって、そのへんの読者モデルじゃなくて、私はトップモデルなんだからさ」

強張りそうになる顔の筋肉を従わせ、音菜は無理矢理微笑んだ。

これまで、業界関係者に愛想を使ったり、媚《こび》を売ったりしたことはなかった……また、売る必要もなかった。

媚を売るのは、魅力のないモデルのやることだ。

音菜は、そう思っていた。

いまでも、考えは変わらない。

ただ、少しは歩み寄ろうと決めた。

大物アナウンサーや大物芸人は、大物になればなるほどギャラの高騰で使いづらくなってゆく。

それは、音菜も同じだ。

ファッション誌やテレビは、音菜にオファーをかけたくて仕方がない。

しかし、予算の低い企画ではギャラの問題で断念せざるを得ない。

つまり、福山音菜は高嶺《たかね》の花ということだ。

これからは、「庶民」のレベルに合わせてやるつもりだった。

「ギャラとか、無理のない程度でいいから。ほかの雑誌やイベントなら断るけどさ」

天下のトップモデルが、ギャラには拘らないと言ってくれる——ケンや勝也にとっては、夢のような話だ。

たとえるなら、ゴールデン帯のドラマで主役を張る大女優が、予算も視聴率も低い深夜ドラマに出演するようなものだ。

「違うんだよ」

苦しげな表情で、ケンが言った。

「なにが違うの?」

音菜は、訝しげに眉をひそめた。

「いや、その、もう無理っていうか……『スタイリッシュ』では必要ないっていうか……」

「はぁ?」

瞬間、音菜はケンがなにを言いたいのかわからなかった。

「必要ないって……どういうことよ⁉」

「……だから、いまの音ちゃんはウチの雑誌には載せられないってことだよ」

ケンが、眼を逸らしながら言った。

「ケン……それ……本気で言ってるわけ⁉　私は、お払い箱ってこと⁉」

予想だにしないケンの言葉に、音菜は血相を変えた。

「……ごめん」

眼を逸らしたまま、ケンが謝った。

「ご、ごめんじゃないわよっ。あなたは違うわよね⁉」

音菜は、弾かれたように勝也をみた。

「ごめん……」

まるでケンのリプレイをみているように、勝也も眼を逸らした。

「う、嘘でしょう……ふたりとも……なにを言ってるのよ⁉　ねえっ、なんとか言いなさいよ！」

音菜が声を荒らげて問い詰めても、ケンも勝也も無言で眼を逸らし続けていた。

「わからないの？　あんたは、終わったのよ」

それまで黙って事の成り行きをみていたレイミが、嘲るように言った。

「ふざけるんじゃないわよっ！　あんたが邪魔するからじゃないさ！」

堪忍袋の緒を切らした音菜は、眼を剝きレイミに食ってかかった。

「あら、邪魔なんてしてないわ。あんたが老けて、魅力がなくなっただけじゃない」

相変わらずレイミは、見下した口調で言った。

「謝れっ！」

レイミに摑みかかろうとする音菜の前に、ケンが立ちはだかった。

「どいてよ！」

「レイちゃんは、撮影が近い。顔に傷でもつけられたら困るんだ」

ケンが、抑揚のない口調で言った。

「私の撮影はどうなるのよ！」

「そんな化け物みたいな顔で、『スタイリッシュ』の表紙を飾ったら廃刊よ」

ケンの背後で、レイミが腹を抱えて笑っている。

視界が赤く染まり、脳みそが沸騰した。

「殺してやる！」

レイミに殴りかかろうとした音菜の身体が浮いた。

ふたりの警備員が、音菜の両腕を固めていた。

「放して！　ケンっ、あなたまで私にこんな仕打ちをするの⁉」

「音ちゃん、レイちゃんの言うとおりだ。君は、終わったよ。つまみ出してくれ」

音菜に残酷過ぎる言葉を浴びせてきたケンが、警備員に命じた。

迷い込んできた野良猫をみるような眼で……。

「終わった⁉　この私が⁉　日本一のカリスマモデルの福山音菜が、終わったですって⁉

ケン、あんた正気⁉」

南米の怪鳥のようなけたたましい音菜の笑い声が、エントランスロビーに響き渡った。

足が床から浮いた。

音菜の笑い声が、叫び声に変わった。

「君こそ、正気になったほうがいい」

警備員に連れ出される音菜の背中を、ケンの憐れみの声が追ってきた。

15

漆黒の瓦屋根——城のような日本家屋の門扉の前で、音菜は躊躇していた。

——どんなに美しいバラも、一週間も経てば枯れてくるものです。記念日やパーティーの席ではいつも主役として空間を彩り、みる者のため息を誘う華麗な花びらは色褪せ、誰にも見向きされなくなり、人知れずひっそりとゴミになるさだめです。

香月の、洞窟のような暗い瞳が音菜の脳裏に蘇る。

「彼女」に反発したのは、恐れていたからかもしれない。
誰にも見向きされなくなり、人知れずひっそりとゴミになることを。

——ナンバーワンを求めるなら、生涯、苦しみとつき合わなければなりませんよ。形あるものがいつかは壊れるように、美も永遠ではありませんからね。ナンバーワンではなく、オンリーワンを目指したらどうですか？　唯一の個性を磨けば、年齢に関係なく音菜さんだけの光を発することができますよ。

香月の言うように、自分は、ナンバーワンでなくなる恐怖に押し潰されてしまったのかもしれない。

――いつ立場を奪われるかと常に怯え、不安な気持ちを飼い慣らし、ライバルを、そしてライバルを応援する人々を憎み、呪い、怒りの感情に支配されているいまの音菜さんは、無間地獄に囚われているも同然です。恐怖や不安は、音菜さんが勝手に作り出している幻に過ぎません。恐れれば恐れるほど、恐怖や不安は大きくなります。聖書にもあるでしょう？　私のおびえたものが、私の身に降りかかる……と。レイミさんの仕事が増えるのなら、祝福してあげましょう。本当に手強い敵はレイミさんでもどんなモデルさんでもなく、音菜さん自身なのですから。

音菜以上に、香月は福山音菜のことをわかっていた。
音菜の不安、焦燥、恐怖、屈辱、憎悪を……。

――世間から逃げたオカマが、偉そうなこと言ってるんじゃないわよ！　あんたなんてね、トップスターの私が友達でいてあげているだけで幸せなことなんだから！

心から心配してくれ、自分のためにアドバイスをくれた親友にたいして、ひどいことを言ってしまった。
あのときの香月の憐憫《れんびん》に満ちた瞳が、鮮烈に脳裏に蘇った。

「彼女」は、会ってくれるだろうか？

自分は、親友に、罵倒の中でも、これ以上ないほどの心ない言葉を吐きかけてしまった。

「彼女」は、許して、くれるだろうか？

そして、昔のように、自分を導き、深い安心感を与えてくれるだろうか？

掌を返したように周囲の取り巻き達が離れて行って初めて、音菜は香月が自分にとってかけがえのない存在だということに気づいた。

恐る恐る、手を伸ばした。

扉には、いままでがそうであったようにカギはかかっていなかった。

インタホンを押さずに入ることが、人形作りを中断されたくない香月との暗黙の約束だったが、いまは罪悪感を覚えた。

香月にとって自分は招かれざる客なのではないかという思いが、音菜を不安にさせた。

六畳の部屋がすっぽり入りそうな広々とした玄関、時代劇でよくみるような武家屋敷の長廊下――音菜は、いつもそうしていたように、足音を殺して慎重に奥へと進んだ。

廊下の突き当たり――香月の作業部屋の襖の前に立つ等身大の自分の人形をみて、音菜は安堵の吐息を漏らした。

――私の、友情の証です。

この人形を作成した理由を訊ねる音菜に、香月はそう答えた。

震える手で、作業部屋の襖を静かに引いた。

薄暗く寒々とした和室。壁際を埋め尽くす人形に囲まれ、部屋の中央に正座する黒い長襦袢姿の「女性」――香月は、人形の瞳の直前で筆先を止めていた。

音菜は、暗黙のルールに従い、部屋の片隅に用意してある座椅子に腰を下ろした。

五分、十分……香月は眼を閉じ、静止画像のように人形の瞳に筆先を向けたまま動かなかった。

「今日は、どうしたんです？」

香月が眼を開け、人形を畳に置きつつゆっくりと首を音菜に巡らし訊ねた。

「瞳を入れるところじゃなかったの？」

「いま瞳を入れると、音菜ちゃんの強烈な負のエネルギーが人形の魂に吹き込まれてしまいます」

「ごめん――邪魔しちゃったわね」

音菜は、素直に詫びた。

やはり、心を開けるのは香月しかいなかった。

「よかったら、話してみませんか？」

厳寒の夜の湖水を彷彿させる香月の澄んだ瞳でみつめられた音菜の眼から、涙が溢れ出した。

世良がレイミを取り、「グローバルプロ」を解雇されたこと。秀がレイミと浮気したこと。潮が引くようにこれまでちやほやしてくれていた取り巻きが離れて行ったこと……音菜は、幼子のように泣きじゃくりながら事の経緯を話した。

「一匹のカブトムシがいました。カブトムシは夜店で少年に買われました」

音菜の話をじっと眼を閉じ聞いていた香月が、ポツリと呟くように語り始めた。

「少年の家に着くまでの帰り道、虫籠《かご》に入れられていたカブトムシは半開きの蓋をこじ開け夕闇空に飛び立ちました」

「いったい、なんの話?」

眼を閉じたまま語り続ける香月に、音菜は訊ねた。

「カブトムシは雑木林に辿り着くと、寝床を作ろうとクヌギの樹の根もとの土を掘り起こしました」

香月は、音菜の質問など聞こえないとでもいうように意味不明な話を再開した。

「すると、腐葉土に潜んでいたオオムカデに巻きつかれ、毒牙を羽根に突き立てられました。しかし、甲虫であるカブトムシの羽根は鎧《よろい》のように硬く、オオムカデの牙をもってしても貫通しませんでした。危機一髪命拾いしたカブトムシは、ふたたび夜空に飛び立ちました。灯りに吸い寄せられるように飛行したカブトムシは、電柱に激突しアスファルトに転げ落ちました。すると、車が走ってきて仰向けでもがくカブトムシは踏み潰され、足が千切れ、体液を撒き散らし死にました」

気味の悪い話に、音菜の胃はムカムカとした。

「そんな気持ち悪い話、どうして私にするの？」

「カブトムシは音菜ちゃんです」

「なに言ってるの⁉」

音菜は、怪訝な顔を香月に向けた。

「少年から逃げなければ、オオムカデに襲われることも、車に踏み潰されることもなく、虫籠の中で寿命を全うできたかもしれません。逆を言えば、オオムカデに襲われたのも車に踏み潰されたのも、虫籠から逃げ出したカブトムシのせいです」

香月が、能面のように表情ひとつ変えずに淡々と言った。

「だから、なにが言いたいのよ⁉」

音菜は、いら立ち気味に訊ねた。

「まだ、わかりませんか？　モデル業界でトップに立つことを望んだのも、傲慢な態度で周囲に接してきたのも、恋人にたいして思いやりがなかったのも、ほかの誰でもなく、すべて、音菜さんが選択してきた言動です。いまの音菜さんに起こっている出来事は、選択した言動にたいしての結果に過ぎません。因果応報……受け入れるしかないのですよ」

「なに？　それじゃ、全部、私が悪いって言うの⁉」

気色ばみ、音菜は訊ねた。

「はい。自業自得、私は、いまの音菜さんにたいして同情はできません」

冷え冷えとした声で、香月が言った。

怒っているふうでも軽蔑しているふうでもない。

ただ、無感情に……ロボットが喋っているように。

「この前のこと、根に持ってるのね⁉」


——香月は、女性になりたいから、ドラァグクィーンになったんでしょう？　私の仕事は、ほとんどの女性が憧れるモデル。あなたは、どんなに努力しても、モデル以前に女にさえなれない男……私を妬む理由は、十分に揃ってると思わない？


香月にたいして、根に持たれても仕方のない侮辱の言葉を吐いてしまったことは認める。

言い過ぎてしまったと、後悔も反省もしている。

だが、身も心もボロボロになり、藁《わら》にも縋る思いで救いを求めにきた友人にたいして仕返しをするのは、納得できなかった。

「憎悪と怒りの感情に支配されている音菜さんは、無間地獄に囚われているも同然です……と、言いましたよね？　恐怖や不安は音菜さんが勝手に作り出している幻に過ぎず、恐れれば恐れるほど、恐怖や不安は大きくなるとも」

香月が、諭すように言った。

「いいえ、あなたは、私に仕返ししてるのよっ。心では、ざまあみろ、気味がいいと笑ってるに決まってるわ！　あんたみたいなオカマを頼った私が馬鹿だったわ！」

音菜は吐き捨て腰を上げると出口に向かった。

「愛してるから、あなたを受け入れないんです。ときに冷たく、残酷に感じる愛もあります」

哀しげな響きを帯びる香月の声を振り切るように、音菜は部屋を飛び出した。

16

中野通り沿いに立つビルのエントランスに入ってゆく警備服姿の男達が、音菜を何度も振り返った。

無理もない。

ファッション誌で表紙を飾っていたトップモデルが、手を伸ばせば届く位置にいるのだから。

音菜は、腕時計に眼をやった。

午後六時五十五分。

早番の警備員達は、六時半から七時の間にそれぞれの現場から戻ってくる。

「城南ガードサービス」のほとんどの警備員は、「京東デパート」のグループに勤務している。

「京東デパート」のグループは、都内に五十店舗以上のスーパーを経営しており、「城南ガードサービス」の警備員達が、警備を一手に引き受けていた。

秀は、荻窪のスーパーの警備もしている。

もうすぐ秀と会えると思うと、胸が高鳴った。

会っていない日は僅か数日間なのに、何年も秀と会っていないような気がした。

新鮮だった。

出会ったばかりのときのように、新鮮な気持ちだった。

秀と喧嘩したおかげで、彼への想いをみつめ直すことができた。

日本を代表するトップモデルと警備会社でアルバイトをする歌手の卵。

たしかに、秀は自分とは不釣合だ。

周囲が交際に反対するのも、仕方のない話だ。

もっと相応しい男性がいるはず——音菜も、そう思っていた。

違った。

誰よりも自分のことを理解し、誰よりも自分のために尽くしてくれる……それが、秀だった。

音菜が疲れているとき、八つ当たりしたとき、落ち込んでいるとき……いつだって、秀は包み込んでくれた。

秀ほど、自分を大事にしてくれる男性はいない。

秀ほど、自分を愛してくれる男性はいない。

いまさらながら、秀のことが愛しくてたまらなかった。

秀も同じのはずだった。

自分ほどいい女を手放したことを……レイミみたいな安い女と浮気してしまったことを、後悔しているに違いない。

たとえるなら、フェラーリからカローラに乗り換え、家賃百万の高級マンションから家賃十万のワンルームマンションに引っ越したようなものだ。

人間、誰しも間違いはある。

秀に、もう一度チャンスをあげるつもりだった。

聞き覚えのある声――通りの向こう側から、秀と同僚らしき男性が談笑しながら歩いてきた。

「秀！」

音菜が呼びかけると、秀がびっくりしたような顔で立ち止まった。

連れの男性は、口をあんぐりと開けて音菜をみつめていた。

それはそうだろう。

同僚の彼女が完璧な美貌をしているのだから、唖然《あぜん》とするのも当然だ。

「戻ってくるの、待ってたんだよ」

音菜が秀に歩み寄ると、秀がそのぶん後退った。

「どうしたの？　私と会えて、嬉しくないの？」

「顔、どうしたの？」

秀が強張った表情で訊ねてきた。

「ん？　顔？」

「傷だらけだよ」

「あ、ああ……ちょっと、ヒステリー起こしちゃって。だって、秀が悪いんだよ。あんなことするから」

音菜は、頬を膨らませた。

本当に、秀は幸せものだ。

誰もが憧れる「高嶺の花」が、浮気を許してくれた上に甘えてくるのだから。

「半分は、君にも責任があるだろう？」

「え⁉　浮気された私に、どんな責任があるっていうのよ⁉」

それまでの穏やかな雰囲気から一転して、音菜の周囲に剣呑な空気が漂い始めた。

「秀、俺、先に行ってるわ」

連れの同僚が、逃げるようにビルの中に入った。

「君が俺にどんな態度を取っていたか考えてみなよ」

「意味がわからないわ！　私の態度と秀の浮気になんの関係があるのよ⁉」

音菜は気色ばみ、秀に詰め寄った。

「ほら、そういうところさ。君は、俺をひとりの人間としてみてくれていない。ペットみたいな感覚だ。いや、ペットのほうが、まだ愛情を注がれているよ」

秀が、吐き捨てるように言った。

「な、なにを言ってるのよ……？　私の、なにが不満だったって言うのよ！」

音菜は、金切り声を秀に浴びせた。

「君には、わからないだろうね。物のように扱われる俺の気持ちなんて……」

秀が、哀しげな瞳で音菜をみつめた。

「私が、いつあなたを物のように……」

「イケメンの俳優と目の前でみせつけるようにキスをする。青山のクラブでのこと、忘れた？　俺は、ひどく傷ついた……なぜだかわかるかい？　君のことを、それだけ愛してたからさ」

秀の瞳の奥が、暗く翳《かげ》りを帯びた。

音菜の記憶が、物凄い勢いで巻き戻った。

——ねえ、私のどこを好きになったわけ？　顔？　それとも、売れっ子モデルだったから？

洗い物をしている秀の背中に、音菜は問いかけた。

夜中まで業界関係者と呑み歩き、秀にたいして我がまま勝手に振る舞い、ときに罵倒して……こんな自分のどこを好きになってくれたのか不思議で、音菜は訊ねたのだ。

——純粋なところだよ。

秀は微笑み、音菜をみつめた。

——秀にひどいことばかり言う私が、純粋⁉

自分のことを純粋などと、思ったことはなかった。
傲慢で、擦れていて、打算的で……純粋とは、真逆の人間だと思っていた。
そういうふうに言われたのは初めてだったので、音菜は心を打たれた。

——ああ、君は心のままに動き過ぎる。だから、人に誤解されるし、敵も多い。でも、俺は音菜が誰よりも正直で純粋なコだってことを知っている。

——勝手に、知ったかぶりしないでよ。

憎まれ口を叩いたものの、本当は、とても嬉しかった。

——世界中の人間が音菜の敵になっても、俺だけは君の味方だから。

秀の力強い言葉と優しい眼差しは、母親の腕に抱かれる幼子のような安心感を音菜に与えてくれた。

――あんたさ、私とつき合ってもらえてることを、もっと感謝しなよ。安くてもワンステージ数百万のトップモデルが、稼ぎのない売れない歌手の恋人になるなんて、奇跡だからねっ。

――売れっ子俳優、トップアーティスト、青年実業家、政治家……私をモノにしたい男は、大勢いるわ。私がその気になれば、世界中のセレブリティと結婚することが可能なのよ。そんな私が、あなたを選んであげてるの。もっと、感謝してくれないと。

――男として、恥ずかしくないわけ⁉　あんたより年下のサッカー選手やＩＴ社長がさ、フェラーリ乗り回したり数百万の時計を腕に巻いてること、なんとも思わないの⁉　悔しいとかさ、負けてられないとかさ、そういう気持ち、なんにもないわけ⁉

――アーティストとか言ってもさ、稼ぎがないならただのフリーターじゃん。

――あんたが私とつき合うってことはさ、小劇団の売れない役者がハリウッド映画の主役に抜擢されたようなものよ。

秀に浴びせてきた罵倒の記憶が蘇るほどに、音菜は後悔の念に苛《さいな》まれた。

たしかに、レイミを自宅に引き込み浮気した秀は許せない。

だが、秀が言うように自分にも責任の一端はある。

彼の献身と懐の深さを、あたりまえに考え過ぎてしまった自分がいる。

水の大切さは、水がなくなったときに痛感する。

空気の大切さは、空気がなくなったときに痛感する。

しかし、気づいたときには……時既に遅しだ。

いまならまだ、間に合うかもしれない。

いや、自分が秀の過ちを許すならば、元の鞘におさまるのだ。

「ねえ、もう、やめない？」

音菜は、秀の手を取り微笑んでみせた。

「なにが？」

「こうやって、いがみ合うことよ。レイミとのこと、許してあげるわ。だから、意地を張らないで戻ってきていいのよ」

音菜は、寛容な自分に驚きを隠せなかった。

憎悪するレイミと浮気するという重罪を許す気になるほどに、秀を愛していたことにいまさらながら気づいた。

「マンションに戻る気はないよ」

秀が、きっぱりと言った。

「だから、意地は張らないでいいって言ったでしょ？」

音菜は、強張った笑みを浮かべつつ言った。

「意地なんて張ってないよ」

秀が、音菜の手を振り解《ほど》いた。

「なによ？　どうしたのよ？　レイミのことは許してあげるって言ってる……」

「もう、君にたいしての気持ちは冷めた」

一パーセントも予期していなかった秀の返答に、音菜は絶句した。

「う、嘘……冗談よね？」

恐る恐る、音菜は訊ねた。

「ごめん……」

秀が、悲痛に顔を歪め眼を逸らした。

「ごめんって……ふたりの部屋で浮気したくせに……それを許したのに……どうして!?　どうしてなのよ！　答えなさいよっ！　ねえっ、なんとか言いなさいって！」

音菜は、秀の襟《えり》を摑んだ腕を前後に揺すった。

秀は、眼を逸らしたまま無言を貫いた。

「ひどい男ねっ！　女たらし！　私の時間を返しなさいっ。甲斐性もない上に浮気性のろくでなしと過ごした時間を返してよ！」

音菜は、秀の頰を張りながら叫んだ。

それでも、秀は口を開かなかった。

「なんとか言いなさいって！　黙ってないで、なにか言いなさいっ、言えっ！　言えっ！　言えっ！」

音菜の平手が放たれるたびに、秀の顔が右に左に揺れた。

「気が済むまで、叩いてくれ。それで、終わりにしよう」

秀の瞳は、いままでみたことがないほどに冷めていた。

頭の奥で、不快な電子音が鳴った。

視界が、複数のカメラのフラッシュを浴びているように白く染まった。

不快な電子音が、音量を増した――頭蓋骨が軋んだ。

「いやよっ！　いやよっ！　いやよっ！　いやよっ！　いやよっ！　いやよっ！　いやよっ！　いやよっ！　いやよっ！」

掌の肉がちぎれるほど、秀の頰を叩いた。

「いやよっ！　いやよっ！　いやよっ！　いやよっ！　いやよっ！　いやよ

っ！　いやよっ！　いやよっ！　いやよっ！」

喉に激痛が走り、声が嗄れるほどに叫んだ。

もう、何発——いや、何十発の平手を浴びせたかわからない。

突然、腕が動かなくなった。

赤く燃える視界の端に、屈強な警備員の姿が映った。

身体が浮いた——秀が遠くなってゆく……。

「いやぁーっ！　秀ぅーっ！　助けてーっ、秀ぅーっ！」

音菜の悲痛なる叫喚が、鼓膜からフェードアウトした。

17

「使用目的を教えて貰ってもいいですか？」

白衣を着た薬局の店主が、無表情に音菜に訊ねてきた。

「彫金の仕事をしているので、仕上げのときに光沢を出すために必要なんです」

音菜は、伊達《だて》眼鏡のフレイムに指をかけ、もっともらしい口調で言った。

「なるほど。塩酸は劇薬なので、身分証を提示してもらっているのですが、免許証か保険証をお持ちですか？」

音菜は、保険証を店主に差し出した。

「コピーしますので、お預かりします」

店主が、保険証を手に店の奥に消えた。

音菜はため息を吐き、眼を閉じた。

瞼の裏に、皮膚が爛《ただ》れ崩壊したレイミの顔が浮かんだ。

あの、いけ好かないハーフ顔を、めちゃめちゃにしてやるつもりだった。

もともと、中途半端な美貌がレイミの勘違いを引き起こした。

二流モデルの分際で、日本を代表するスーパーモデルの自分に無謀にも戦いを挑み、勝ったつもりでいることが許せなかった。

しかも、あの女の中途半端な美貌は生まれつきのものではない。

つまり、レイミは整形しているのだ。

以前、ネットに出回っているレイミの卒業アルバムをみたことがあるが、くっきりとした二重は奥二重で、外国人並みに高い鼻は団子鼻で、ハーフ顔の面影はまったくない純和風顔だった。

レイミに分をわからせるためには、リセットしてやるしかなかった。

作り上げた中途半端な美貌から、元の地味で平凡な顔に。

「保険証、お返しします。ここに、サインをして頂けますか？」

奥から戻ってきた店主が、Ａ４サイズの紙を音菜の前に差し出した。

本商品を犯罪に使わない等の文言の入った同意書だった。

音菜は書名欄にサインすると代金を支払い、塩酸の褐色の瓶の入った紙袋を受け取ると薬局を出た。

音菜は足早に歩くと、公園に入った。

ベンチに腰かけた音菜が塩酸の瓶のキャップを開けると、刺激臭に鼻粘膜がツーンとした。

音菜は立ち上がり、草むらに足を向けた。

屈み、地面に隈なく視線を這わせた。

石を捲ると、ミミズが現れた。

音菜は、塩酸をミミズに少しだけかけた。

あっという間に、ミミズの胴体がブツブツと微塵切りになった。

音菜は薄く微笑み、あたりに首を巡らした——次の獲物を物色した。

生き物ではないが、地面に捨てられた空のペットボトルを次のターゲットに定めた。

塩酸を垂らすと、ペットボトルがみるみる溶け出した。

効果覿面《てきめん》だが、まだ、物足りない。

音菜は瓶を紙袋に戻し公園を出ると、あてもなく歩いた。

夕闇に包まれた閑静な住宅街は、ときおり帰宅するサラリーマンをみかける程度で閑散としていた。

音菜は、路地裏の平家建ての前で足を止めた。

庭先でお座りしている、凛々しい顔つきの柴犬が音菜をみつめていた。

音菜は、あたりを見渡し、人の気配がないのを確認すると庭に近づいた。

柴犬が立ち上がり、音菜に向かって吠え立てた。

構わず、音菜は歩を進めた。

柴犬は鎖がちぎれんばかりに引っ張り、狂ったように吠えまくった。

「いいコにしなさいね。じゃないと……」

不適な笑みを浮かべつつ音菜は柴犬に語りかけ、袋から塩酸の瓶を取り出した。

「お仕置きするから」

言って、音菜はキャップを外し、柴犬の頭上に瓶を翳した。

「あなた、そこでなにをやってるの⁉」

突然、裏口のドアが開き中年女性が怪訝な顔で訊ねてきた。

音菜はキャップを目深に被りサングラスをかけているので、余計に怪しくみえるのだろう。

「ワンちゃんがかわいかったもので……」

音菜は慌てて瓶を後ろ手に隠し、中年女性に笑顔を向けた。

「だからって、人の敷地内に勝手に入るなんて」

中年女性が、音菜を咎めた。

「つい、頭を撫でたくなっちゃって。本当に、すみませんでした」

音菜は頭を下げた。

「わかったから、早く出て……」

音菜は顔を上げ、塩酸の瓶を振り翳し中身を柴犬の顔面に浴びせた。

柴犬が咄嗟に身を翻したので、塩酸は地面に吸い込まれた。

「誰かっ、誰か！」

ヒステリックに叫ぶ中年女性を残し、音菜は駆け出した。

哺乳類で塩酸の効果を試せなかったことが悔やまれたが、音菜は走り続けた。

これ以上、ここにいたら警察に通報されて捕まってしまう。

大通りまで出た音菜は、タクシーを拾った。

「代官山に行ってください」

運転手に告げた音菜は、シートに深く背を預け窓に眼を向けた。

闇をバックにした窓ガラスに、爛れた顔のレイミが映った。


あんたに相応しい姿にしてあげる。

音菜は、心でレイミに語りかけた。

☆　　☆

お洒落な店が立ち並ぶ代官山の駅前を抜け、音菜は住宅街に向かった。

テレビや雑誌で紹介されている有名なケーキ店やアロマショップの並びに立つ、ベージュの煉瓦作りの高級マンションの前で音菜は足を止めた。

「二流のくせに」

マンションを見上げ、音菜は吐き捨てた。

代官山のデザイナーズマンションなど、レイミにはもったいなさ過ぎる。

彼女には、赤羽か十条の安アパートがお似合いだ。

――音菜さんに憧れて、モデルになりたいと思ったんです。私も、音菜さんみたいに「スタイリッシュ」の表紙を飾れるようなモデルになるのが夢です。

恵比寿のハウススタジオで撮影していた音菜のもとに見学に訪れた、事務所に所属したばかりのレイミは頬を上気させながら言った。

——あなた、高校生？

メイクをしてもらいながら、音菜は傍らに佇《たたず》むレイミに訊ねた。

新人モデルに興味はなかったが、自分に憧れている、ということなので暇潰しの相手くらいはしてやるつもりだった。

——はいっ。いつも「スタイリッシュ」を読んでて、新人モデル募集の記事があったんで応募したんですっ。

直立不動で、レイミは言った。

緊張に声が上ずり、顔が強張っている初々しさが好印象だった。

——モデルの世界って、周りからみているほど華やかじゃないわよ。食べたいものを我慢しなければならないし、日焼けしちゃいけないから肌を露出した服は着られないし、ディズニーランドとか行っても日射しが強いときは日傘を手放せないし……海なんて、論外ね。

音菜は、誤解されがちなモデル業界について諭し口調で言った。


モデルみたいにお洒落な服を一杯着たい！

モデルみたいにスタイル抜群になりたい！

モデルみたいに化粧品のＣＭに出たい！

モデルみたいにイケメンにちやほやされたい！


モデルに憧れる素人女子は、みな、都合のいい妄想を抱いている。

たしかに、モデルになれば洒落た服をたくさん着ることができる。

当然、スタイル抜群だし、化粧品のＣＭに出られるチャンスもあるし、いい男に言い寄られることも多い。

だが、そういう特別な立場になるために、日々、一般人からは想像もつかないストイックな生活を強いられる。

素人女子のように、食べたいときに食べて、遊びたいときに遊んで……欲望のままに不摂生な生活を送っていたら、パーフェクトなスタイルを手に入れられるわけがない。

たとえるならば、運動不足でビール腹の中年男性が、体脂肪ひと桁のアスリート体型になりたいと、若《も》しくは、勉強嫌いで高校中退した中卒男が、東大生になりたいと言っているようなものだ。

夜更かしすれば隈が出る。酒を呑み過ぎれば顔が浮腫む。甘い物を食べ過ぎれば吹き出物が出る。紫外線を浴びればシミになる。エアコンに当たり過ぎると肌が乾燥して皺になる。

体型を維持するために、カロリーを摂り過ぎたと思えばいつもより長いジョギングをし、パック、リンパマッサージ、保湿などのケアは欠かせない。

モデルが華やかに振る舞っている陰で、どれだけ忍耐と我慢の生活を強いられているかをレイミに言って聞かせた。

——私、音菜さんみたいな素敵なモデルさんになれるなら、どんなことだって我慢できます！

瞳を輝かせるレイミの顔が、昨日のことのように脳裏に蘇った。

モデルの素質がある少女だということは、すぐにわかった。

順調に伸びれば売れっ子になるだろうということもわかった。

しかし、あのときの少女が、自分の地位を揺るがすほどの脅威になるとは思わなかった。

まさか、仕事も恋人も奪われるとは……。

アドバイスなどせずに、潰しておくべきだった。

そうすれば、こんなふうに堕ちることもなかった。

「それも、ここまでよ」

音菜は呟き、マンションのエントランスに入ると迷わずメイルボックスのコーナーに向かった。

エレベータホールからは死角になっており、身を潜めるにはもってこいの場所だった。

そして、帰宅してエレベータに乗る前にほとんどの居住者が立ち寄る場所でもある。

レイミとふたりになる確率が高く、人目に触れずに「任務遂行」できる。

いまは、午後九時を回ったところだ。

今日、レイミは大手下着メーカーの撮影だ。

レイミはブログやツイッターをマメに更新するタイプなので、スケジュールを楽々把握できる。

もちろん、アリバイ作りのために嘘を書くタレントもいるが、レイミに関しては同じ事務所なので真実かどうかはわかる。

レイミが撮影している大手下着メーカーというのは、若い女子に大人気の「ルージュスタイル」——先月までは、音菜がイメージガールを務めていたので九時には撮影が終わることも知っていた。

「ルージュスタイル」の撮影場所は恵比寿——打ち上げなど寄り道せずにまっすぐに帰ってくれば、十時までには戻ってくるはずだ。

今日は、「ルージュスタイル」の初めての撮影。デザインがとてもかわいくて、レイも愛好者だから嬉しいよ！

来月から、レイが出演しているエステ「スリムデザイン」のＣＭが流れるよ！　楽しみ！

みなさん！　レイが、ついに女優デビューすることになったよ！　来年の一月クールの連ドラで、詳しくはまだ言えないんだけど、情報告知解禁になったら載せるからね！

レイ、演技したことないんだけど、大丈夫かな⁉　へたでも、笑わないでね。

二本目のＣＭ決まったよー！　今度は、スポーツドリンクのＣＭ！　「アースウォーター」だよ！

レイ、こうみえてもスポーツ少女だったんだ。毎朝、五キロのジョギングも欠かさないしね。

もちろん、走ったあとは「アースウォーター」（笑）

レイミのブログとツイッターを覗いているうちに、腸が煮えくり返った。

文面から、レイミが浮かれている様子が伝わってきた。

調子に乗るにも、程がある。

レイミが実力で取った仕事ならば、怒りはしない。

ブログやツイッターで誇らしげに報告している二本のＣＭは、もともとは音菜にきていた話なのだ。

「ルージュスタイル」のイメージガールもそうだが、レイミは音菜がいなくなったことで「棚からボタ餅」状態になっているだけの話だ。

レイミが戻ってくるまでの間、まだ時間がある。

音菜は地べたに腰を下ろし、携帯電話を手にした。

暇潰し——昔、撮影の合間や呑みの席で手当たり次第に電話をかけたものだ。

音菜からの電話に、みな、快く暇潰しにつき合ってくれた。

まずは、世良にかけることにした。

自分をクビにして、いま頃、後悔しているに違いない。

世良の強情な性格を考えれば、謝りたくてもできないはずだ。

こっちから、きっかけを与えてあげるつもりだった。

『もしもし？　世良だが？』

三回目のコールで、ドスの利いた低音が流れてきた。

「音菜です」

『……なんの用だ？』

世良の声が、不機嫌になった。

「もう、お互いに意地を張るのはやめましょうよ。社長だって、稼げるモデルがいなくなるのは痛手でしょうし、レイミが私の抜けた穴を埋められるとは思えないし……それに、正直な気持ちを言うと、私もやっぱりモデルやっているときが一番楽しいし……」

世良のために、音菜は歩み寄ってあげた。

「グローバルプロ」を解雇され、秀に浮気され……短い間だが、いろんなことがあり音菜も人間的に成長できた。

いまの自分なら、世良を許せる。

『残念だが、お前の穴はレイミで十分に埋まっている。まったく、必要ない』

にべもなく言うと、世良は一方的に電話を切った。

「本当に、意地っ張りな男ね」

音菜は吐き捨て、今度は久保の電話番号をプッシュした。

『はい、久保ですが……』

「ひさしぶりね」

久保が沈黙した。

「いま社長に電話かけたんだけどさ、戻ってあげてもいいよって。そしたら、お前の穴はレイミで十分に埋まってる、って言われたわ。どうして、素直になれないのかしらね」

『……用件は、なんですか？』

久保が、怖々とした声音で訊ねてきた。

「あら、担当マネージャーに連絡するのに、いちいち用件が必要なの？」

『俺はもう、あなたのマネージャーじゃありません』

「なに水臭いことを言ってるのよ。私は……」

『あなたは、「グローバルプロ」を解雇された。つまり、ウチの所属モデルじゃないってことです』

音菜を遮り、久保が抑揚のない口調で言った。

「なによ、あなたまでそんな強がりを……」

『こういう電話は迷惑ですから、もう二度とかけてこないでください』

ふたたび音菜を遮った久保の冷え冷えとした声に続き、受話口から無機質な発信音が漏れ聞こえてきた。

「迷惑だからかけてこないでくれですって!?　誰にもの言ってるのよ！」

音菜は、発信音が漏れる携帯電話に向かって怒鳴った。

誰にたいしても傲慢な世良ならまだしも、ついこないだまで自分に顎で使われていた久保にあしらわれるのは我慢ならない。

「彼なら……」

音菜は呟き、亀山の携帯番号を呼び出した。

太鼓持ち芸人と呼ばれるほどに音菜を立ててくれた亀山なら、世良や久保のような失礼な態度は取らないに違いない。

『音菜……ちゃん?』

亀山の動揺が、携帯電話越しに伝わってきた。

「ひさしぶりぃ! 元気してた?」

『……と、突然……どないしたん?』

ドギマギした様子で、亀山が訊ねてきた。

「どうもしてないけどさ。ね、明日、呑みに行かない?」

『いや……明日は、都合悪いねん……』

「明後日は?」

『明後日も、仕事が入っとって……』

亀山の声は、苦しそうだった。

売れっ子芸人の亀山を、急に呑みに誘うのは無謀なのかもしれない。

「じゃあ、亀ちゃんが空いてる日はいつ？　合わせるよ」

以前の自分なら無理にでもスケジュールを空けさせたが、いまはそんなことはしない。

我ながら、大人になったものだと思う。

『悪いけど、音菜ちゃんとは呑みに行けへん』

「えっ……どうしてよ⁉」

音菜は、携帯電話を持ち替え気色ばんだ。

『わかってよ。俺も芸能界で飯食ってるから、世良さんとかに睨まれたくないし……』

歯切れ悪く、亀山が言った。

そういうことか……。

「グローバルプロ」をクビになった途端に周囲の人間が掌を返したように離れて行ったのは、芸能界のドンの顔色を窺っていたからなのだ。

『悪く思わんといてな』

亀山は、逃げるように電話を切った。

ぶつけようのない怒りに、音菜は包まれた。

すべては、レイミの……。

床を刻むヒールの音が聞こえた。

「明日の撮影、何時まで？　ネイルの予約入れてるからさ、六時には終わらせたいんだよね」

誰かと電話で話している声は、レイミのものだった。

音菜は塩酸の瓶のキャップを開け、息を殺した。

ヒールの音が次第に大きくなった。

音菜は、心でタイミングを計り、飛び出した——塩酸の瓶を持つ腕を横に薙いだ。

「うぉわぁーっ！　熱いっ、熱いっ……熱いっ！」

目の前の床で顔を押さえ狂ったようにのたうち回るのは、レイミではなくユニフォームを着た配送員の男性だった。

もがき苦しむ男性の絶叫に、女性の悲鳴が重なった。

悲鳴の主——レイミが、強張った顔を音菜に向けていた。

無意識に音菜は、マンションのエントランスから飛び出していた。

18

視界が縦に揺れた。

凄い勢いで流れる景色に映る通行人が、びっくりしたように振り返った。

鼓膜内で渦巻く荒い呼吸が、他人のもののように感じられた。

太腿がパンパンに張り、ふくらはぎが攣《つ》りそうだった。

肺は破れそうで、脇腹に差し込むような激痛が走った。

それでも、音菜は走ることをやめなかった――やめられなかった。

顔面を押さえてのたうち回っていたのは、レイミではなく見ず知らずの配送員の男性だった。

レイミは、今後二度と、ファッション誌どころか、部屋を一歩も出られないほどの崩壊した顔になるはずだった。

モデルとしてだけでなく、ひとりの女としても終わったはずだった。

ところが、どうだ。

なんの恨みもない男性の顔に、塩酸を浴びせてしまった。

全速力で駆ける音菜の頭を支配していたのは、後悔だった。

後悔――無関係の人間を傷つけたことにたいしてではない。

後悔――目的を果たせなかったこと……レイミの顔面を崩壊させられなかったことにたいしてだ。

それだけではない。

人に大怪我させた以上、警察に追われることになるだろう。

目的を果たせたのならば、それでもよかった。

場合によってはレイミを殺すかもしれないとハラを括《くく》っている音菜は、刑務所を恐れてはいなかった。

そう、レイミを地獄に叩き落とすことができるなら、なにを犠牲にしてもよかった。

レイミのマンションから数百メートル走ったあたり……カフェの前で音菜は足を止めた。

住所は代官山から、恵比寿に変わっていた。

緊張の連続に、喉がカラカラだった。

なにより、落ち着き、頭を整理する時間が必要だった。

店に入ろうとした音菜は、思い直してタクシーを拾った。

もし、レイミが通報すれば、こんな近所ならすぐに発見されてしまうと思ったからだ。

「お客さん、どちらまで？」

人のよさそうな初老の運転手が、振り返り訊ねてきた。

「どこに行こうかな……」

無意識に、音菜は呟いた。

「え……？」

運転手が、怪訝な表情になった。

どこに行こうかな……。

音菜はもう一度、心で呟いた。

☆　☆

タクシーが音菜の住む代官山のマンションに到着したときには、とっぷりと日が暮れていた。

レイミのマンションを飛び出してから、音菜は新宿までタクシーを走らせバーで酒を浴びるように呑んだ。

ビールから始まって、ワインをボトル一本とテキーラを五杯——自棄酒を呑み続けても、精神が昂ぶっていたせいか一向に酔えなかった。

タクシーを降りた音菜は、マンションの前に佇みため息を吐いた。

ついこないだまでは、秀が待っていてくれた。

だが、いまは違う。

部屋に戻っても、ひんやりと冷たい「闇」が待っているだけだ。

取り巻きが離れていなくなった音菜は、ともに時間を潰す相手もいなかった。

孤独が、こんなにつらいものだとは思わなかった。

なにより、自分が孤独になる日がくるなど夢にも思わなかった。

重い足を踏み出したとき、エントランスから人影が現れ音菜の腕を引いた。

「ちょっと、なにする……」

人影の腕を振り払おうとした音菜は、息を呑んだ。

「ここはまずいです。とりあえず行きましょう」

人影——黒いロングドレスに身を包んだ香月が無表情に言うと、ふたたび腕を引いた。

抗おうとしたが、「彼女」は男なので見た目より力が強かった。

「なによ？　どうしてあなたがここに⁉」

わけがわからないまま、香月に引き摺られながら音菜は訊ねた。

「話は、あとにしてください」

香月はにべもなく言うと、マンションから五十メートルほど離れた場所に停められていた黒のアルファードのスライドドアを引いた。

「さあ、乗ってください」

言われるがまま、音菜は後部座席に乗り込んだ。

「香月、免許持ってたの⁉」

驚きを隠さずに、音菜は頓狂な声を上げた。

香月と車というイメージが、あまりにも懸け離れ過ぎていたのだ。

「驚きました？」

「だって、免許取ったなんてひと言も言ってなかったじゃない？」

「音菜さんに言ってないことは、ほかにもいくらでもありますよ」

「まあ、それはそうでしょうけど……それより、出不精のあなたがどうして私のマンションに？」

音菜は、率直な疑問を口にした。

香月が外出することは、滅多になかった。

一ヶ月間、自宅の作業部屋に閉じ籠もりっきりというのも珍しくはない。

じっさい、香月とこうして外で会うのは半年ぶりだった。

半年前……香月の二十三歳の誕生日に、渋る「彼女」を説得して恵比寿のフレンチレストランに連れ出したのだった。

車が発進した。

香月は、しばらくの間無言でアクセルを踏み続けた。

車は、かなりスピードを出していた。

「私の家に、三人連れの若い男性が訪ねてきました。みな、派手な服を着て、とてもガラの悪い人達でした」

唐突に、香月が口を開いた。

「そんな男達が、どうして香月の家に⁉　あなた、なにかトラブル起こしたの⁉」

「トラブルを起こしたのは、音菜さんじゃないんですか？」

相変わらずの抑揚のない口調で、香月が言った。

「どうして？」

「男性達に、福山音菜を匿ってるだろう、と訊ねられました」

「えっ……」

「私のところにくる前に、あなたのマンションにも寄ったと言ってました。匿っていないと言ってもなかなか信じてくれなくて、仕方ないから部屋に上げました。音菜さんがいないのを確認すると、彼らはようやく納得しました。私のことは、『グローバルプロ』のスタッフに聞いたそうです」

「『グローバルプロ』ですって⁉」

音菜は、思わず大声を出した。

動転する脳裏に、男の顔が浮かんだ。

男の顔――元マネージャーの久保。

久保には、何度か香月の家まで運んでもらったので「彼女」の存在は知っている。

問題なのは、なぜ「グローバルプロ」にガラの悪い男達が行ったのかということだ。

考えられる可能性は、ひとつしかない。

レイミ……。

間違いない。

レイミは、六本木界隈を縄張りにしている不良達と交遊があるという噂があった。

不良といっても、彼らはヤクザではない。

半グレ集団……昔でいうところの愚連隊だ。

元暴走族やチーマー上がりのOB達の集まりが飲食店やイベント会社を経営していて、芸能人やスポーツ選手とも深い交流を持っている。

半グレ集団絡みの傷害事件も多発しているが、どこの組にも所属していない彼らを警察も把握しきれておらず、なかなか検挙できない。

暴対法で雁字《がんじ》搦《がら》めのヤクザに取って代わって、半グレ集団は幅を利かせていた。

彼らは芸能プロダクションにも深く入り込み、多大なる影響力を持っていた。

レイミは塩酸をかけようとした自分に報復するために、ヤクザを使ったのだ。

なんて卑怯な女だ。

「心当たりはあるんですか?」

意外にも慣れた手つきでステアリングを操りながら、香月が訊ねてきた。

「レイミ……前に話した事務所の後輩モデルよ」

音菜は、怒りを押し殺した声で言った。

「レイミさんが、どうしてそんなことをするんですか？」

「逆恨みよ」

「逆恨み？」

「そうよ。彼女、顔に塩酸をかけられそうになったことを根に持って、仕返しをしてきたのよ」

「塩酸？　誰が、塩酸なんてかけようとしたんです？」

「私に決まっているじゃない。間違って別の男にかかっちゃったけど」

音菜は、当然、という顔で言った。

「え……？」

車を路肩に寄せた香月がブレーキを踏み、振り返った。

「どうして、そんな恐ろしいことをしたんですか!?」

珍しく、香月は咎める口調で言った。

「先に仕かけてきたのは、レイミのほうよ。私の部屋で秀とセックスして、仕事を奪った。自業自得じゃない」

音菜は、怒気の籠もった声で吐き捨てた。

「たしかに、レイミさんのやったことはいけないことだと思います。だからといって、彼女の顔に塩酸をかけるだなんて、人間のやることではありません」

「人間じゃないなら、なにかしら？　レイミを地獄に叩き落とせるなら、鬼にだって悪魔にだってなるわ」

音菜は、不敵な笑みを浮かべた。

「音菜さん、正気になってください。自分がなにを言っているのかわかってるんですか？　一歩間違えたら、殺人犯になったかもしれないんですよ⁉」

「だから、鬼にだって悪魔にだってなるって言ったじゃない？　あの女、虫けらみたいに死ねばいいのよっ。さっきは失敗したけど、今度は絶対に塩酸でドロドロの顔にしてやるから」

音菜は、けたたましく高笑いした。

「音菜さん、しっかりしてください！」

香月が音菜の肩を摑み、前後に揺すった。

「ヤクザみたいな人に追われて、ビクビクと逃げ隠れする人生……レイミさんだけでなく、間違って塩酸をかけられた男性の事件の犯人が音菜さんだとわかったら、指名手配犯になります。そんなことになったら、レイミさんへの復讐どころじゃなくなるんですよ⁉」

香月の言葉に、冷水を浴びせられたような衝撃を受けた。

たしかに、香月の言うとおりだった。

自由を拘束されれば、なにもできなくなってしまう。

なにより、レイミがトップモデルとしてちやほやされる生活を送っているのに、自分だけ警察や質《たち》の悪い男達に捕まるなど冗談ではなかった。

「とにかく、安全な場所に行ってから、今後について話しましょう」

「安全な場所って?」

「私が気分転換に使う秘密のアトリエがあるんです。そこは、誰にも知られていないので安心です」

「香月……私のこと、怒ってないの?」

音菜は、ずっと訊きたかったことを口にした。

「どうして、私が音菜さんに怒るんですか?」

「だって、私はあなたにひどいことを……」

音菜は、唇を噛み記憶を巻き戻した。


——世間から逃げたオカマが、偉そうなこと言ってるんじゃないわよ! あんたなんてね、トップスターの私が友達でいてあげているだけで幸せなことなんだから!

あの日以来、ずっと心のどこかに引っかかっていた。

謝るタイミングを窺っていたが、人に頭を下げたことのない性格が素直にそれをさせてくれなかった。

「気にしないでください。私が同性愛者であるのも、友人として音菜さんと釣り合わないのも、すべて本当のことですから。音菜さんは有名人なのに、私みたいなアブノーマルな人間と十何年も親友でいてくれて、感謝していますよ」

香月が、皮肉を言っているようには聞こえなかった。

嫌みや文句を言われるほうが、まだ救われた。

「彼女」の純粋さは、音菜の罪悪感に爪を立てた。

「そんなこと言わないで……私のほうこそ、香月がいてくれることでどれだけ救われたことか……。みんな、私が事務所をクビになった途端に掌を返したように態度を変えたわ。音ちゃん音ちゃんって、顔も知らない関係者までうるさいほどに群がっていたくせに、いまじゃ電話しても居留守を使われる有様よ。いいときだけチヤホヤされるのが芸能界だってわかっていたし、実際に落ち目になった先輩モデルの末路は悲惨なものだったわ。それまで、マネージャー、付き人、メイク、運転手……取り巻きに囲まれていたのに、誰もいなくなったから メイク道具と衣装の入ったトランクを転がして、ひとりで現場に入るようになった。そんな先輩モデルを、私も馬鹿にして蔑んだわ。皮肉なものね。いまでは、私が同じようになってしまった……マネージャーも、ファッション誌の編集長も、常連だったクラブのオーナーも黒服も呑み仲間も、みんな、私から離れて行ったわ。恋人の秀は、憎きレイミを私達の部屋に連れ込んで……」

音菜は、唇を噛んだ。

いま思い返しても、屈辱と憤激に全身の血液が沸騰したように身体が熱くなった。

「だけど、あなただけは変わらぬ態度で接してくれている……香月、感謝するのは、私のほうよ」

音菜の瞳を、涙が濡らした。

いままで、わかり合える人間など必要ないと思っていた——周囲が、音菜を理解して動けばいいだけの話と思っていた。

親友は弱者が必要とするもの……違った。

弱い立場になってみて、「理解者」がいることのありがたさが身に沁みた。

「安心してください。私は、どんなことがあっても音菜さんから離れません。だって、みなから不気味に思われて孤独だった私を、差別なく接してくれたのは音菜さんだけですから。犬は、飼い主が聖者であっても犯罪者であっても、尻尾を振って身体中で愛を表現します。世の中でいいことしたから、悪いことしたから、お金を持っているから、貧乏だから、有名だから、無名だから、モテるから、モテないから……犬は、絶対に差別しません。私を、音菜さんの忠実な『犬』だと思ってください」

「忠実な、『犬』……？」

音菜は、訊ね返した。

「ええ、『忠犬』です。私は、誓います。たとえ、音菜さんが世界中の人間を敵に回しても、どれだけ堕ちても、私はあなたを守り続けます」

香月が、澄んだ瞳でまっすぐに音菜をみつめてきた。

「ありが……とう……」

嗚咽《おえつ》交じりの震え声を、音菜は絞り出した。

「とりあえず、アトリエに向かいましょう」

香月は表情を変えずに言うと正面を向き、アクセルを踏むと車を発進させた。


あなたを、愛してます。


聞こえるか聞こえないかの、囁くような声。

「えっ……」

音菜は、弾かれたように香月の背中をみた。

幻聴か、それとも……。

感動に支配されていた音菜の心が、動揺した。

19

香月が運転する車は、自由が丘の閑静な住宅街でスローダウンした。

「着きました」

車は、白いペンキで塗られた二階建ての一軒家の前で停車した。

「行きましょう」

ドライバーズシートから降りる香月に、音菜も続いた。

「さあ、お入りください」

香月がドアを開けると、白いペンキで塗られた外壁とは対照的に黒で統一された室内の光景が眼に飛び込んできた。

壁紙、フローリング、ドア、調度品……そしてカーテンに至るまで黒だった。

「壁紙は黒に張り替え、クローゼットとドア類は黒く塗りました。本当は外も塗り替えたかったんですけど、さすがに黒いペンキ塗りの家は、街の景観を損ねるとか苦情がきてしまいそうなので控えました」

将棋の対局番組の女性アナウンサーのように、香月は淡々と言った。

「なにか飲み物持ってきますから、座っててください」

香月に促され、音菜はバーのカウンターにあるようなスツールに腰を下ろした。

十畳ほどのフローリングのスペースには、スツールが二脚と冷蔵庫があるだけで、ほかに家具類、電化製品は見当たらなかった。

「仕事道具は、二階？」

人形の部品や作業道具らしきものが見当たらないので、音菜は訊ねた。

「いいえ」

「どこで、仕事してるの？」

「ここでは、してませんよ」

ガス台でお湯を沸かしていた香月が、平然とした口調で言った。

「え？　だって、ここはアトリエじゃないの？」

「アトリエですよ。ただし、自分を創造するためのアトリエなんです」

「自分を創造？　言っている意味がわからないわ」

「普段、作業部屋に籠もって人形ばかり作っていると、段々、人形のことが好きじゃなくなってくるんですよね。オーナーのリクエストに沿うように、締め切りに間に合うように、前作よりクオリティを落とさないように……純粋に人形作りをしていた頃と違って、様々なしがらみに縛られて、いつしか大好きだった人形が単なる仕事道具としての意味しか持たなくなってきて……」

マグカップに入ったコーヒーを音菜に手渡し、香月が言葉を切った。

「人形作りは香月の仕事なんだから、それでいいんじゃない？」

音菜は、コーヒーをブラックで啜《すす》りながらあっさりと言った。

「どのコも、顔が同じにみえてきてしまうんです。赤毛の十二歳のコも黒髪の十八歳のコも、まるで双子のようにみえてきてしまって。人形作りって、子供を産むのと同じなんです。魂が吹き込まれているかどうかで、瞳の力や表情が違ってくるし。人形作りが悪い意味での仕事になってしまうと、大量生産の工場で作られるものと同じになってしまいます。だから私は、ときどき、魂の洗濯のために、このアトリエを訪れひたすらボーッとするんです」

「そうなんだ」

音菜は、興味なさそうに言った。

「音菜さんも、初めてステージに立った気持ちを思い出してみたらいかがですか？」

「どういうこと？」

「最初の頃は、そのステージに立てるだけで幸せだったでしょう？　うまくウォーキングできるかな？　観客に受け入れてもらえるかな？　日本最大のファッションイベントのステージに立てるなんて夢のよう。あの憧れのモデルと同じランウェイを歩くなんて……前夜は、緊張と不安、興奮と歓喜で眠れなかった音菜さんがいませんでしたか？　誰が気に入らないとか、誰が自分より恵まれてるとか、そういった不満や憤りの気持ちを感じる暇などなかったんじゃないんですか？」

香月が、諭し、促すように訊ねてきた。

たしかに、そうなのかもしれない。

モデルになって初めてのステージは、「東京ファッションコレクション」だった。

初仕事が決まってからというもの、三万人の観衆の前に立てるという喜びと緊張に音菜は支配された。

ランウェイを歩く華やかな自分、どよめく観衆、注がれる羨望の眼差し、視界を焼くスポットライト……音菜の胸は期待に膨らんだ。

香月の言うように、そのときの音菜は誰かにたいしての嫉妬も恐怖もなかった。

「そうね。でも、いまと立場が違うから比較できないわ。だって、新人の頃は自分が追う立場で、いまは追われる立場……昔は、レイミだっていなかったわけだし」

「追う立場とか追われる立場とかではなくて、ステージに立てることへの感謝と喜びを新人の頃と同じように持っていれば憎悪、嫉妬、恐怖は出てこなかったはず、ということを言いたかったんですよ」

「だから、無理だって！」

音菜は吐き捨てるように言うと、マグカップをテーブルに荒っぽく置いた。

「どうして無理なんですか?」

香月が、怪訝そうな表情で訊ねてきた。

「新人の頃は失う物がなにもないけれど、キャリアを積んで売れれば守らなければならないものがたくさんできるのよっ。貯金がない人は泥棒に入られる心配をする必要はないけど、大金を家に置いている人は違うでしょ⁉　それと同じよっ」

いけない、いけないと思いながらも音菜は声を荒らげた。

香月は、自分のことを心配して家にまで訪ねてくれた上に、隠れ家のアトリエまで用意してくれた。

以前、罵詈雑言を浴びせたにもかかわらずだ。

そんな心が寛容で自分のことを考えてくれている香月に、また、ひどいことを言うつもりなのか?

「レイミさんを強く憎悪すればそれ以上の憎悪が音菜さん自身に返ってきます。因果応報というものです。音菜さんがいま、苦しみ、つらい立場にあるとすればそれは、レイミさんへの憎悪や嫉妬がその環境を作っているん……」

「お願い

お願いだから、もうやめて！」

音菜は、耳を塞ぎ頭を左右に振りながらヒステリックに繰り返した。

これ以上、香月の説教を耳にすると理性を保てる自信がない。

正直、香月は頭がどうかしている。

さっきから「彼女」が口にしているのは、支離滅裂なことばかりだ。

正気な自分が我慢するしかないが、それにも限界がある。

「音菜さん、冷静になってください。レイミさんへの憎悪の結果、音菜さんは警察やガラの悪い人達に追われる立場になってしまったんですよ？　今後、どうするおつもりですか？」

香月が、心配そうに言った。

いったい、香月は自分のなにを心配するというのか？

音菜が考えているより、香月の錯乱ぶりは深刻なものだった。

第一、本当に自分は追われているのか？


――男性達に、福山音菜を匿ってるだろう、と訊ねられました。私のところにくる前に、あなたのマンションにも寄ったと言ってました。匿っていないと言ってもなかなか信じてくれなくて、仕方ないから部屋に上げました。音菜さんがいないのを確認すると、彼らはようやく納得しました。私のことは、「グローバルプロ」のスタッフに聞いたそうです。

音菜の脳裏に、香月の言葉が蘇る。

そもそも、「彼女」の家に風体の悪い男達が現れたというのも怪しいものだ。


――あなたを、愛してます。


予想だにしていなかった、香月からの告白。

もしかしたら……。

「香月さ、私に嘘を吐いてるでしょう？」

音菜は、「彼女」の様子を窺った。

「私が音菜さんに？」

音菜は頷いた。

「どうして、嘘を吐く必要があるんですか？」

香月が、怪訝そうに首を傾げた。

思ったより、質の悪い女だ。

それとも、嘘を嘘とさえわからなくなるほどに錯乱しているのか？

「さっき、私のこと愛してるって言ったよね？　警察やヤクザに追われているって信じ込ませて、匿ってあげると申し出れば同棲できるものね」

音菜は、皮肉っぽい笑みを浮かべた。

「じゃあ、私が、音菜さんと一緒に住みたいから、そんなにひどい嘘を吐いたと言うんですか？」

香月の、もともと白い顔が血の気を失いよりいっそう白っぽく染まった。

「だから、そう言ってるじゃない」

「たしかに私は、音菜さんに特別な好意を抱いています。けれど、私は、自分の欲求を満たすために大事な人を不安にさせるような嘘を吐いたりしません。本当に、音菜さんが危ないからこそ、なんとかして守らなければと思ったんです。それなのに、ひどい……」

珍しく香月が瞳に哀しみのいろを湛え、声を震わせた。

「彼女」のこんな表情をみたのは初めてだ。

騙されてはならない。

香月は、自らの欲求を満たすためなら警察やヤクザが追いかけてきていると平気で嘘を吐けるしたたかな「女」だ。

「わざとらしい芝居、やめなよ！」

音菜は、テーブルを掌で強く叩いた。

「芝居なんてしてません。音菜さんは、レイミさんの件で心が病んでしまっているのです」

香月が、きっぱりと言った。

「ふた言目にはレイミ、レイミって……まさか……」

唐突に、音菜の脳内に恐ろしい疑心が芽生えた。

香月は、レイミと通じているのではないのか？

だからこそ、レイミへの憎悪の気持ちを捨てろと言ったりするのではないか？

追っ手から逃れるためという理由でこのアトリエに連れてきたのも、罠かもしれない。

「あなた、レイミに頼まれたの？」

押し殺した声で、音菜は訊ねた。

「え……？」

「嘘を吐いて私をここに連れてきたのは、レイミに頼まれたのって訊いてるのよ！」

音菜は立ち上がり、大声で問い詰めた。

「そんなこと、あるわけないですっ。私は音菜さんの身を案じて……」

「証拠は⁉　そこまで言うなら、私のことを警察やヤクザが追ってるって証拠をみせなさいよ！」

音菜は、香月の肩を摑み揺すった。

「証拠って……そんなの、みせることできませんよ。というか、音菜さんを追いかけている人達を本当だと証明するために連れてこられるわけないじゃないですか？」

「ほらっ、ほら！　ほら！　ほら！　やっぱり、証明できないんじゃないっ。私を、騙したのね⁉」

音菜は、香月に指を突きつけながらヒステリックに喚いた。

「落ち着いてください、音菜さん。そんなことするわけないじゃないですか？　私が音菜さんを騙す理由が、どこにあるんですか？」

「いくら貰ったのよ？」

訊ねる音菜に、香月が哀しそうな表情になった。

「レイミに、いくらで魂を売ったのよ？」

「それ、本気で訊いてるんですか？」

「白々しい……本気に決まってるじゃないっ。あんたって、恐ろしい女ね……」

皮肉で言ったのではなく、本心だった。

音菜は、身の危険を感じた。

このままだと、なにをされるかわからない。

「音菜さんはいま、精神が不安定な状態なんです。とりあえず、ゆっくり休んでください。二階が寝室になってますから、睡眠を取ってから今後のことを話し合いましょう」

「その手には乗らないわよっ」

音菜は吐き捨て、バッグを手にした。

「どこへ行くんですか?」

「ここを出て行くのよ」

「なにを言ってるんですか。いま、ふらふら出て歩いたら、捕まってしまいます」

「はん!　まだ、そんなこと言ってるわけ⁉　その手には乗らないって言ってるでしょ⁉」

玄関に向かう音菜の腕を、香月が摑んだ。

「駄目ですっ。お願いですから、やめてください!」

「放してよっ!」

音菜は振り返り様に香月を突き飛ばした。

「レイミと寝てるレズ女の言うことを信用できるわけないでしょ!」

音菜の怒声に、尻餅をついた香月の顔色が変わった。

「それ……どういう意味……ですか?」

「あんたゲイだから、レイミと寝てもレズじゃないか」

音菜は、嘲笑いながら言った。

「いままでは、ゲイだとかなんだとか言われても、音菜さんも仕事で大変なことがあったからストレスが溜まっているんだろうなって、気にしないようにしていました。けれど、いまのはひどいです。傷つきました……」

「どっちに傷ついたの?　ゲイって言われたことに?　レズって言われたことに?」

音菜が挑発的に言うと、香月の眼に涙が浮かんだ。

香月の涙をみたのは、初めてだった。

だが、騙されはしない。

これも、演技に決まっている。

自分への情に訴えかけて、油断させるつもりなのだろう。

レイミの指示に違いない。

あの小娘は、どんな手を使ってでも自分を貶《おとし》めるつもりなのだ。

「嘘泣きしても無駄だから。レイミに言っといて。いまのうちにいい気になってろって。すぐに、潰してあげるからって！」

音菜は憎々しげに宣言すると、ドアを開け外へ出た。


あの女、絶対に許さない。

あの女、潰してやる。

あの女、地獄に突き落としてやる。

あの女、殺してやる。


通り過ぎる人々が、弾かれたように音菜をみた。

どの顔もこの顔も、強張り、引きつっていた。

「なにみてんのよ！　あんたらも、レイミのスパイなわけ⁉」

音菜は、通行人のひとりに摑みかかった。


やられる前にやれ！

音菜の頭の中で、力強く鼓舞する声がした。

20

音菜は、畳に敷かれたマットレスの上で身を起こした。

身体の、方々が痛かった。

腕や太腿には覚えのない痣や擦り傷が無数にあった。

音菜は、虚ろな視線を周囲に巡らした。

ステンレスの頑強そうなドア、鉄格子の窓、ポータブルトイレ……四畳半から六畳程度の部屋には、テレビや家具の生活必需品が見当たらなかった。

ここは、どこだろうか?

自分はなぜ、こんなところにいるのか?

音菜はゆらゆらと立ち上がり、ドアノブに手をかけた。

外から施錠されており、ドアはびくともしなかった。

閉じ込められている?

なぜ?

音菜は、曖昧な記憶を懸命に手繰《たぐ》り寄せた。


——なにみてんのよ! あんたらも、レイミのスパイなわけ!?


蘇る記憶——音菜は路上で、自分を尾行していた女性と乱闘になってしまった。

その女性は、偶然、そこに居合わせたふうを装い、音菜の行動を逐一監視していたのだ。

彼女、ひとりではない。

どこに行っても、常に複数の視線を感じた。

音菜には、誰の差し金かわかっていた。

レイミ……あの女は、親友の香月をも抱き込んでスパイに仕立て上げたのだ。

通報を受け駆けつけた警察官に取り押さえられ……記憶は、そこで途切れていた。

ということは、ここは刑務所なのか？

自分はまんまとレイミに嵌められ……。

「ちょっと！　誰か！　誰かいないの⁉」

音菜は、分厚いドアを乱打しながら叫んだ。

「私は、嵌められたの！　レイミって女よ！　ねえ、誰か！　誰か！　誰か！　誰か！　誰か！　誰か！　誰か！　誰か！　誰か！　誰……」

突然、ドアの上部の小窓が開き、女性の顔が現れた。

女性警察官なのか？

「どうしました？」

女性が、抑揚のない口調で言った。

「私、なにも悪いことしてないの！　あの女はスパイで、二十四時間私を尾行して……刑務所に入らなきゃならないのは、あいつのほうよ！」

音菜は手に激痛が走るのも構わずに、ドアを殴り続けながら訴えた。

「落ち着いてください。あの女性はただの通行人で、スパイではありません。それに、ここは刑務所ではなく保護室です」

女性は相変わらず落ち着いた口調で言った。

「保護室⁉　なにそれ⁉　警察じゃないわけ⁉」

音菜の素頓狂な声が、寒々とした室内に響き渡った。

「はい。ここは、精神科病院です」

「精神科……精神病院ってこと⁉」

鉄格子の小窓の向こう側で、女性が頷いた。

「なんで！　なんで、私が精神病院に入らなきゃならないのよっ！　出してっ、すぐにここから出してよ！」

「それはできません。警察に身元引受人としていらっしゃったお母様が、あなたの状態をみて、当病院に入院することに同意してくださったんです。因みに、あなたは、自分、または他人にたいして危害を加える可能性のある症状でしたから、保護者の同意がなくても、措置入院することになったでしょうけど」

「私は誰かを傷つけるようなことをする女じゃないわっ。もちろん、自分を傷つけるようなまねもね！　あなたさ、私のこと知らないの⁉　福山音菜……世界的に有名なトップモデルよ。年収億を超えるモデルは、日本では私だけなんだから」

音菜は、自慢気な顔で言った。

他人を傷つければ犯罪者になり、自分を傷つければ文字どおり傷ものとなる。

どちらにしてもモデルを続けられなくなり、そんな馬鹿げた自虐行為をするはずがない。

この女は、そんなこともわからないのだろうか？

「あなたの職業がモデルだということは聞いています。売れっ子さんだということも、ですが、現にあなたは通行人の女性に突然襲いかかり、怪我をさせています。今回、あなたのお母様が入院に同意したのは、被害者の女性の希望です。精神科病院に入院することを条件に、被害届を出さないという話にしてくれたんです」

「ママが⁉　ママが、そんなことするわけないわっ。会わせて！　いますぐ、ママに会わせてよっ」

音菜は、金切り声で訴えた。

「いますぐには無理です。福山さんの精神状態が落ち着いて、保護室から大部屋に移ってからなら、面会を許可できますよ」

「許可って……なんで、いちいちあんたの許可を取らなきゃいけないのよ！　自分で連絡取るからいいわ！」

音菜は、周囲に首を巡らした。

あるはずのものが見当たらなかった。

「バッグなら、こちらで預かっています」

「なんであんたがそんな勝手なことをするのよ！　携帯電話が入ってるから、返して！」

「入院中に、携帯電話をお渡しすることはできません。あと三十分後の十八時から夕食で、十九時にお薬を飲んで二十一時には消灯になります」

一方的に言うと、女性は小窓を閉めた。

「待ってっ、待て！　開けろっ！　お前もそうか⁉　レイミの仲間か⁉　いくら貰った⁉　十万か⁉　二十万か⁉　百万か⁉　薄汚いゴキブリが！　ここを開けろっ！　お金なら、私が払ってやるから、レイミとは手を切れ！　あんな三流モデルに尻尾振ってても、いいことなんてなにもないって！　私は、パリコレからも声がかかるスーパーモデルなんだっ。レイミなんて、マイナーなファッション誌で表紙を飾ったからっていい気になってる勘違い女だ！　それも、編集長のアレをくわえて取った仕事さ！　そうそう、枕営業だよ！　枕営業！　あの女はさ、色目使って股開かなきゃ仕事が取れないようなモデルだよ！　枕だけじゃないよっ。レイミの顔は作りもの……そう、整形さ！　昔の写真みたことあるけどさ、ぶっさいくな顔なんだわ、本当に！　あれ、一千万はかかってるだろうね。蜂に刺されたみたいに腫れた眼してさ、鼻はブルドッグみたいに潰れてさ、歯も煙草のヤニで真っ黄色でさ……笑っちゃうよね⁉　そんな不細工な女がトップモデルの私にライバル心を持つなんてさ、カラスが白鳥と張り合うのと同じだと思わない？　あ、ブタがカモシカに対抗心を持つのと同じか！　それかさ、ブタよりもっと醜い……」

姫のことをこれ以上、侮辱することは許しません。

女性の声がした。

立ち去ったふりをして、ドアの外にいたに違いない。

「姫って、誰のことよ⁉」

音菜は、ドアに向かって叫んだ。


レイミさんのことに決まっているじゃないですか。


「は⁉　あのクソブスが姫⁉　冗談でしょう⁉　あんた正気⁉」

音菜は、ドアを平手で叩きながら笑った。


クソブス呼ばわりしている姫に、彼氏を寝取られたのはどこの誰でしょうね？


女性の、薄笑い交じりの挑発的な声が音菜の理性を焼き払った。

「なんですって⁉　ふざけたこと言ってると、許さないわよ！」

音菜は、気色ばんだ声で叫んだ。

あら、ふざけてなんかないですよ。あなたの彼氏、姫の魅力に虜《とりこ》になったんです。姫が、言ってましたよ。秀さんっていうんですよね？　秀は、きれいだ、本当にきれいだ、と言いながら、何度も身体を求めてきたって姫が言ってました。こんなに完璧なスタイルの女性を抱いたのは初めてだとも。


静脈に氷水を注入されたように、背筋に悪寒が走り肌が粟立った。

こんなに完璧なスタイルの女性を抱いたのは初めて……？

いままで、何度も自分を抱いていながら……最高級の女を抱いていながら、どういうことだ？

自分より、レイミの身体のほうが魅力的だというのか？

万が一、レイミのほうが勝っている部分があるとするならば、それは若さだけだ。

ルックス、身長、胸の形、大きさ、括れ、ヒップライン、脚線美……年齢以外は、どれを取っても自分が負けている部分はない。

「嘘よっ、秀が、そんなこと言うわけがない！　ここを開けろっ。ブタ女に会わせろ！　おいっ、聞いてんのか！　開けろ！　開けろ！　開けろ！　開けろ！　開けろ！　開けろ！　開けろ！　開けろ！　開けろ！」

音菜は、声帯が潰れるほど叫びながら、ドアを殴り、蹴りつけた。

自分の絶叫と衝撃音が、頭蓋内に鳴り響いた。

拳が空を切った――唐突に開いたドアから、白衣を着た四人の男性が雪崩《なだ》れ込んできた。

「おとなしくしなさいっ。おい、腕を押さえて！」

「早く、鎮静剤を打て！」

「福山さん、落ち着いてっ」

「足、足だっ、足を押さえるんだ！」

飛び交う怒号――屈強な男達が、物凄い力で音菜を押さえ込んできた。

この男達は、レイミに雇われた殺し屋に違いない。

恐怖で、脳内がパニックになった。

死にたくない！　死にたくない！　死にたくない！　死にたくない！　死にたくない！　死にたくない！　死にたくない！　死にたくない！　死にたくない！　死にたくない！　死にたくない！　死
にたくない！　死にたくない！

渾身の力で、腕を振り回した。

渾身の力で、蹴り上げた。

視界に入るものすべてに、噛みついた。

視界に入るものすべてに、唾を吐いた。

全身の血管が千切れるほど、暴れ回った。

全身の血管が千切れるほど、罵声を浴びせかけた。

「放せっ、放せって！　くそ野郎！」

「もっとしっかり押さえろ！」

「痛いっ……嚙まれた……」

「なんて力だ……」

「鎮静剤はまだか⁉」

複数の人間の腕ほどの太さをした巨大な蛇が、音菜の身体に巻きついた。

「いやっ、あっち行け！　いやー！」

音菜は身を守るために、大蛇の胴体に爪を立て、嚙みついた。

追い払っても追い払っても、大蛇は次々と襲いかかってきた。

腕、胴体、足を、大蛇が締めつけてきた。

骨が軋み、筋肉が悲鳴を上げた。

このままでは、殺されてしまう。

恐怖感が、音菜の理性を焼き払った。

「うぎゃあーっ！」

絶叫とともに渾身の力で音菜は右腕に巻きついていた大蛇を振り払い、左腕に嚙みついていた大蛇の眼に突き立てた。

「大丈夫か⁉」

「早く射つんだ！」

「右腕を押さえててください！」

ひと際大きな大蛇が、音菜の右腕に巻きつき牙を突き刺してきた。

ちくりとした痛みに続き、全身がだるくなってきた。

暴れようにも、力が入らなかった。

叫ぼうにも、声を出すのも億劫だった。

眉間が冷たい感じになり、意識が曖昧になった。

なにを考えていたかも、思い出せなくなった。

視界が、薄闇に包まれた。

21

グラウンドの隅で、健が華麗な足捌《あしさば》きでサッカーボールをリフティングしていた。

年齢はたしか、二十代後半だと聞いた覚えがある。

高校時代はサッカー部員で、ユースの日本代表に選ばれるほどの才能の持ち主だったという。

練習試合中に膝の靭帯《じんたい》を損傷し、サッカー生命を絶たれてから心が病んだ。

ベンチで小説の文庫本を読んでいる美佐はまだ十代で、中学校のクラスでひどいイジメにあったことが原因で心が病んだ。

彼女の手首には、無数のリストカットの跡が生々しく刻まれている。

花壇の花に水をやっている信江の心が病んだのは、孫を交通事故で亡くしてから。

幼稚園に送る際、信江が少し目を離した隙に猛スピードで走ってきたバイクに撥《は》ねられ目の前で孫は即死した。

それぞれが、グラウンドに降り注ぐ心地よい日射しとは対照的な暗鬱な闇を抱えている。

健も美佐も信江も、音菜と同じように、保護室、閉鎖病棟を経て現在の開放病棟での生活に至っている。

開放病棟での生活は、午前六時に起床して、検温と血圧の計測から始まる。

六時半には廊下でラジオ体操が始まる。

八時から同じくディールームで朝食を摂り、九時からは薬を貰うために水の入ったコップを持ちディールームに並ぶ。

服薬が終わると、月、水、金、土は入浴の時間だ。

入浴を終わらせると十時から検温と脈拍計測の時間で、前日の排尿と排便の回数を聞かれる。

十二時に昼食を摂り、その後昼の薬を貰う。

午後六時の夜の食事の時間まではフリータイムで、無断で外に出なければ基本、なにをしていてもいい。

寝ている患者、ディールームでお喋りしたりテレビを観ている患者、グラウンドで運動したり読書している患者……みな、様々な午後の過ごしかたをしていた。

夕食と夜の薬の時間が終わると、九時の就寝前の薬の時間まではふたたびフリータイムになり、九時半が消灯だ。

薬を飲む時間を決められていることと外出を禁止されていること以外は健常者の日常生活に近かったが、針金製のハンガー、陶器のコップ、安全ピン、鋏、カミソリ、爪切りなどは、自殺に使われる恐れがあるということで持ち込みを禁じられていた。

ほか、院内を撮影することを防ぐために携帯電話の所持が禁止されていたりと不便なことも多々あるが、それでも、保護室や閉鎖病棟での生活に比べると天国だった。

「人殺しっ！　誰かっ、誰か助けてぇ！」

女性の叫び声——音菜は、弾かれたように背後を振り返った。

四人の男性看護師が、暴れる中年女性を押さえ込み、病棟へと連行していた。

本気で暴れている人間の力は相当なものらしく、女性の患者でも取り押さえるのに三人では少ないという。

「あなたも、最初は、あんな感じだったわよ」

花に水をやる手を止めた信江が、音菜に微笑みかけながら言った。

四ヶ月前、音菜は通行人に襲いかかり危害を加え、母親の同意書のもと医療保護入院した。

入院した当初は手がつけられない状態だったらしく、保護室と呼ばれる独房に閉じ込められていた。

あとから聞いた話だが、屈強な看護師が五人がかりでようやく音菜を取り押さえることができたらしい。

ひとりの看護師が音菜に嚙みつかれ、腕を四針縫ったという。

自分が暴れて保護室に隔離されていると認識できたのは、三日目だった。

四日目に、閉鎖病棟の六人部屋に移された。

閉鎖病棟も自由に出入りできなかったが、それでも保護室に比べればましだった。

ただ、いいことばかりではなかった。

大部屋になったぶん、他人との共同生活になるので、トラブルも多かった。

物音に敏感で麦茶をグラスに注ぐ音だけでうるさいとクレームをつけてくる者、ずっとお経を唱えている者、食事のときに決まってグロテスクな話をしてくる者、延々と自慢話をしてくる者、他人の私物を勝手に使う者……精神を患っている者ばかりだからか、トラブルの種には事欠かなかった。

幸いなことに、音菜はトラブルを起こすことも巻き込まれることもなかった。

一日も早く退院するために、言動には細心の注意を払った。

退院後、モデルとしてすぐに復帰できるように、顔のマッサージや筋肉トレーニングを欠かさなかった。

相部屋の患者にからかわれても、笑顔で受け流した。

私は、あなた達とは違う。みなが、スーパーモデル、福山音菜の復帰を待っている。

この強い思いが、音菜に模範的な態度を取らせた。

四ヶ月で、閉鎖病棟から開放病棟へ移ることを許可された。

読んで字の如く、開放病棟のドアは施錠されておらず、患者は自由に出入りできる。

開放病棟にいる患者は、症状が軽減された退院間近の者ばかりだ。

担当医の話によれば、音菜はあと二週間ほどで退院できるらしい。

開放病棟での二ヶ月間を合わせ、医療保護入院から半年間。長いとは思わなかった。

自分を見つめ直す時間を神様が与えてくれた——音菜はそう受け取っていた。

実際に、この半年間で「まともな人間」に戻れた気がする。

オーディションで優勝し、下積みもないままトップモデルとして目まぐるしい日々を送る毎日。

誰もが音菜に羨望の眼差しを注ぎ、誰もが賞賛し、誰もがちやほやとし……自分には神と同等の力があると、そのときの音菜は真剣に信じていた。

福山音菜を支えてくれるスタッフを、虫けらのように扱った。

福山音菜以外のモデルは、すべて脇役のように見下した。

福山音菜を応援してくれるファンを、負け組の一般人と心で嘲った。

そして……秀のことも「付き人」としてしかみていなかった。

モデルとして……いや、人間として最低だった。

立ち止まる間もなく疾走しているうちに、落としてしまった……。

退院したら、探しに行くと決めていた。

どこかに落としてしまった「人にたいしての思いやり」を……。

「そうなんですね。自分では、全然、覚えてなくて」

音菜も、微笑みを返した。

この開放病棟で、音菜が一番親しくしているのが信江だった。

彼女とは、ウマが合った。

はるかに年上の信江は、モデル業界には絶対にいない地味で素朴なタイプで、それがいまの音菜にはよかったのかもしれなかった。

「そんなものよ。私も、保護室にいたときの記憶なんて全然ないわ。そろそろ、ドラマの時間だから行きましょう」

信江が浮き浮きした表情で音菜をグラウンドから建物内……ディールームに促した。

一時半から、信江が愉しみにしている昼ドラが始まるのだ。

「この時間だけが、唯一の愉しみだわ」

弾む足取りでディールームに入った信江が、リモコンを手に取った。

音菜はそのドラマを好きでも嫌いでもなかったが、信江につき合い観ることが日課になっていた。

音菜は、窓越しに空を見上げた。

あと二週間で、いよいよ社会復帰だ。

やりたいこと……やらなければいけないことが山とある。

『ファーストシングルリリース二週目でオリコン一位は快挙ですね！』

ファンの黄色い歓声に掻き消されるMCの声が背後のテレビから聞こえてきた。

『そうですね、僕を支えてくれたスタッフやファンのみなさんのおかげです』

聞き覚えのある声——振り返り視線をテレビに移した音菜は、息を呑んだ。

『情報によりますと、早くも武道館ライブが決定したそうですが、デビュー三ヶ月での武道館ライブはアーティスト史上最短記録ですよ』

『本当に夢のようで、いまでも信じられません』

ステージの上で黄色い歓声に包まれながら華やかな表情で受け答えするアーティスト……秀が、微笑みながら頰を抓ってみせた。

「待って！」

チャンネルを替えようとする信江を、思わず音菜は大声で制した。

「どうかした？　この歌手の、ファンなの？」

怪訝そうに訊ねてくる信江の声が、音菜の耳を素通りした。

22

見慣れた渋谷の街並が、色鮮やかに映った。

外の世界を歩くのは、半年ぶりだ。

雑踏は嫌いで渋谷の街を歩くたびにストレスを感じていた音菜だったが、ずっと閉鎖された空間にいたので、いまは新鮮だった。

誰も、自分のことを振り返らなかった。

化粧気のない顔、無造作に後ろに束ねた髪、ベージュ系の地味な服装……周囲が音菜に気づかないのは、それが理由でないことはわかっていた。

トップモデルだった頃に放っていたオーラも輝きも、いまの音菜にはなかった。

現役のモデル時代にも、ノーメイクの普段着で出歩くことは珍しくなかったが、すぐに気づかれパニックになったものだ。

ほしい洋服があればファッションメーカーのスタッフが用意してくれ、行きたいレストランがあれば情報誌の編集者が連れて行ってくれ、観たい映画があれば招待券が手もとに届いた。

なにをやるにも誰かが動いてくれ、お膳立てしてくれた。

ファッションや趣味に、音菜が労力や金銭を使うことはほとんどなかった。

そんな夢のような過去の自分を懐かしいとは思っても、羨ましいとは思わなかった。

精神科病院での入院生活は、音菜の腐り切ったものの考えかたをリセットしてくれた。

入院直後の音菜は心が壊れていた……いや、心が壊れているという自覚症状さえなかった。

すべてにおいて自分が一番でないと気が済まず、少しでもほかの誰かがチヤホヤされていると我慢ならなかった。

いや、一番でも満足できなかった。

音菜は、二番手の存在がいること自体が許せなかった。

ドラマや映画の世界でたとえれば、主役以外はセリフなしのエキストラばかりでよかった。

花の世界でたとえれば、バラ以外は雑草ばかりでよかった。

ワインの世界でたとえれば、ロマネ・コンティ以外はハウスワインばかりでよかった。


過去の自分は、人間として未熟過ぎた。

下積みもなくいきなり売れたので、思いやりや気遣いができない人間になってしまった。

人を傷つけることや蹴落とすことを、まるで紅茶を飲むのと同じようにやっていた。

自分が光り輝くためにほかの誰かが地獄に落ちても、良心の呵責《かしやく》はなかった。

罪の意識どころか、ライバルが転落してゆく様を眺めるのはなによりの快感だった。

我ながら、最低で最悪な女だったと思う。

こんな自分のために、秀はよく尽くしてくれた。

音菜がどれだけ傍若無人な振舞いをしても、罵詈雑言を浴びせても、いつも優しい笑顔でいてくれた。

業界の男友達と遊び回り泥酔して帰宅が深夜になっても、秀は寝ずに待っててくれた。

毎日、音菜より遅く寝て、音菜より早く起きて朝食を作ってくれた。

自らの時間を犠牲にして尽くす秀にたいして、音菜は感謝どころかつらくしか当たらなかった。

いま振り返れば、甘えていたとしか言えない。

反抗期の子供が母親にそうするように、なにをやっても許されると思っていた。

違った。

秀の哀しみに満ちた瞳が、鮮明に蘇った。

遊び仲間で売れっ子俳優の翔太の首に腕をかけ唇を重ねる音菜の傍らで、顔色を失った秀が呆然と立ち尽くしていた。

さすがに、秀も許してくれなかった。

音菜と暮らすマンションにレイミを連れ込み浮気する。

あのときは、悪魔のようなひどい男だと憎悪した。

月日が流れ、冷静になって考えてみれば自業自得だった。

先に、「悪魔」になったのは自分なのだ。

もし、時が巻き戻せるならば、もう一度、秀とやり直したかった。

名声も職もすべて失って、初めてわかった。

取り巻きもファンもすべていなくなって、初めてわかった。

自分には、秀が必要だということを――秀を、心から愛していたということを。

――ファーストシングルリリース二週目でオリコン一位は快挙ですね！

オリコン一位は、あなたの夢だったものね。

——そうですね、僕を支えてくれたスタッフやファンのみなさんのおかげです。

大事な人を、ひとり忘れてるわよ。

——情報によりますと、早くも武道館ライブが決定したそうですが、デビュー三ヶ月での武道館ライブはアーティスト史上最短記録ですよ。

よかったね。テレビでほかのアーティストのライブ映像が流れるたびに、いつか僕も、って、言ってたわね。

——本当に夢のようで、いまでも信じられません。

ううん、私は信じてたわよ。

才能がないとか、いろいろひどいこと言っちゃったけど、本当はわかっていた。

あなたには、物凄い才能があるって。

音菜は、足を止めた。

通り沿いに、尋常ではない数の人だかりができていた。

人だかりのほとんどは、十代と思しき少女だった。

その数、軽く二百人は超えている。

あの顔もこの顔も紅潮し、うっとりした眼で同じ方向をみつめていた。

みながみつめている方向――ガラス張りのブースには、秀がいた。

今日は、デビュー曲のプロモーションのために秀が公開収録を行うという。

『デビューシングルの「いま」というタイトルには、秀さんの思いが込められていると伺いましたが？』

女性MCが、秀を促すように訊ねた。

『僕は、ちっちゃい頃から歌手になる夢を追い続けてきました。オーディションやデモテープの持ち込みを合わせると、数百回は落とされました。君の歌は心に響かない、引っかかりがないんだよね、プロになるのは諦めたほうがいいよ……レーベルの人の言葉は、残酷なものばかりでした。僕はめげずに、飲食店でアルバイトをしながら夢を追い続けました。当時、同棲していた女性がいたのですが、周りからはヒモだなんだと散々な言われようでした』

スピーカーから流れる秀の語るエピソードが、音菜の心を震わせた。

『アーティストの卵と言えば聞こえはいいですが、ようするに稼ぎの少ないフリーターですから、ヒモと言われても仕方ありませんでした。ＣＤショップに行けば僕より若い新人のデビューシングルが次々と発売されてて、正直、焦ったし、落ち込みました。そんなとき、僕が自分に言い聞かせたのは、「いまを精一杯生きよう」ということでした。そのときの僕の』は屈辱に塗《まみ》れ、未来は不安だらけだったから、「いま」しか考えないことにしたんです』

『そうだったんですか。深いお話ですね。「いま」で私が印象に残っている歌詞は、「過去未来の声に耳を傾けてはいけないよ。彼らは希望を奪うふたりの泥棒さ」というところなんです。下積み時代の経験を描いてらっしゃるんですね』

女性ＭＣの声は、感動にうわずっていた。

『はい。僕にとっては思い出すのもつらい日々だったのと同時に、とても、大切な日々でした。あのときの屈辱、苦しみ、哀しみのすべてが、僕の夢を叶える原動力になっていると思います。だから、僕は過去の試練達に感謝しています』

秀は、涙ぐんでいるようにみえた。

取り囲んだファンのほとんどが泣いていた。

秀の話は感動的で、みなが涙するのも無理はなかった。

試練達……その中には、自分との同棲生活も含まれているのだろうか？

ひとつだけわかっていることは、自分は秀に苦痛しか与えていなかったということだ。

『波瀾万丈の人生だったんですね。みなさんも気にかかっていることかと思いますが、いま、秀さんにはおつき合いしている女性はいらっしゃるんですか？』

女性ＭＣの質問に、ファンが悲鳴を上げた。

『いません。いまは、デビューしたばかりで彼女なんて作っている余裕はありませんし、作りたいとも思っていません。僕には、みなさんが恋人です』

秀のベタな言葉に、ファンが狂喜乱舞した。

お目当てのスターのひと言ひと言に一喜一憂するファンをみて、音菜は懐かしい気持ちになった。

音菜のファンもそうだった。

音菜が歩いただけでざわめき、決めポーズをするだけで泣き出した。

音菜が猫より犬派と言えばファンも犬好きになるし、加圧トレーニングを始めたと言えばファンも始める。

人生のほとんどの時間を音菜の情報を集めることに費やす。

それも、いまや昔の話だ。

芸能界……とくに、モデル業界の「旬」は短い。

音菜が表舞台に露出しなくなってまだ半年あまりなのに、もう、十年以上経っているようにみなの記憶から忘れ去られている。

音菜に、未練はない。

強がりではなく、心の底から引退してよかったと思っている。

たしかに、トップモデルとして音菜が眼にした光景は煌《きら》びやかであり、華やかな世界だった。だが、あまりの眩しさになにもみえなくなってしまい、自分がどこに向かって歩いているのか……自分の足で歩いているのかさえわからなくなった。

贅沢と引き換えに謙虚さを、栄光と引き換えに真心を失ってしまった。

精神科病院に医療保護入院させられた当初は、香月や母親を恨んだ。

幼馴染みと母親に裏切られたという思いが、音菜を絶望させた。

しかし、いまではふたりに感謝していた。

自由を奪われることで、音菜は皮肉にも自由を取り戻すことができた。

モデルとして頂点を極め、望みをすべて叶えられる立場になった音菜だが、有名になればなるほど制約が増えた。

ゴミを捨てに行くにもスウェットやパジャマは論外で洒落た服に着替えなければならないし、コンビニエンスストアやスーパーで買うものにも気をつけなければならない。

音菜はあたりめやイカゲソが好物なのだが、モデルのイメージがあるので堂々とは買えない。

ほかには、生理用品や焼酎などもそうだ。

トップモデルのイメージにそぐわない物は、マネージャーが調達した。

秀と外出するときも、音菜が二メートルほど前を歩いた。

決して、並んで歩くことはしなかった。

いつ、なにをしているときでも、写真週刊誌が狙っていないかに注意を払った。

モデル時代の音菜は、写真週刊誌のカメラマンに尾行されているという前提で行動した。

不自由なのはそれだけではなかった。

仕事柄、スリムな体型を保たなければならないので食事には気を遣った。

揚げ物や脂質の多い食べ物は基本NGで、夕方五時以降は炭水化物を口にしなかった。

乱れた生活はプロポーションだけでなく肌にも悪影響を及ぼす。

糖分の摂り過ぎや睡眠不足は、美肌の大敵だ。

ファッション誌の撮影前に顔に大きなニキビでもできたら、洒落にならない。

常に、気を張っていた。

唯一の息抜きは遊び仲間とクラブで呑むことくらいだったが、それも、肌とプロポーションに悪影響があるので気にしながらだった。

誰もが羨む華やかな生活を送る裏で、音菜は大変なストレスを抱え込んでいた。

『では、そろそろ、お別れのお時間が近づいてきました。最後に、秀さん、ファンの方々にメッセージをお願いします』
音菜は踵を返し、女性MCの声を背中に人だかりをあとにした。
秀からのメッセージは……いままでに、たくさん貰った。
もう、それだけで十分だった。
あとひとつだけ、小さな願いを叶えれば、音菜は新しい人生に足を踏み出せる。
音菜は、晴れ渡った空を見上げ清々《すがすが》しい気持ちで微笑んだ。

☆　　　☆

ビルの地下駐車場のエレベータの前のベンチに、音菜は座っていた。

秀の公開収録の行われていたスタジオに音菜もイベントで出演したことがあったので、出演者が帰るときに必ずこのエレベータを使うことを知っていた。

退院したら、秀に会って伝えようとずっと思っていた。

過去に起こったことは、すべて水に流すつもりだった。

いまの自分だから、許せる気持ちになれた。

だからといって、縒《よ》りを戻そうというわけではない。

正直、未練がないと言えば嘘になる。

だが、過去に戻るより未来へ足を踏み出す人生を選びたかった。

エレベータの階数表示のランプが点灯するたびに、心拍が跳ねた。

残念ながら、エレベータのランプは二階で止まり、地下まで下りてこなかった。

秀が降りてくるかもしれないと思うだけで、初恋のように胸がときめいた。

同棲しているときは、彼にたいしてこんな気持ちになったことはなかった。

胸奥では恋心のようなものはあったのだろうが、少なくともそういう感情を認識できなかった。

皮肉なことに、秀への想いに気づいたのは別れたあとだった。

だが、考えようによっては、憎み合って別れるよりはましなのかもしれない。

ふたたび、エレベータのランプが点った。

今度は、ランプが下降していた。

音菜は、ベンチから腰を上げた。

ランプのオレンジ色がＢ１で止まった。

エレベータの扉が開いた。

スタッフらしき若い男性と談笑しながら、秀がエレベータから降りてきた。

「来年は韓国進出を考えてますから、挨拶程度の韓国語を覚えておいてくださいよ」

男性スタッフが、念を押すように言った。

「韓国進出⁉　僕が？」

秀が、素頓狂な声を上げた。

駐車している黒のアルファードに向かうふたりは、三メートルほどの間隔を空けてついてくる音菜の存在に気づいてないようだ。

「秀さんの楽曲の世界観と声質は、韓流《ハン》受けすると思うんですよね。K－POPには好き放題に市場を荒らされましたから、これからは逆襲ですよ！」

男性スタッフは、鼻息荒く言った。

「ひさしぶり」

音菜は、いきなり秀に声をかけた。

振り返った秀が、怪訝そうな顔で音菜をみつめた。

印象が変わり過ぎて、すぐにはわからないに違いない。

「私よ、音菜」

口もとに弧を描きながら、音菜は秀に歩み寄った。

「音菜……音菜なのかい⁉」

秀が、驚きの声を上げた。

「モデルをやめてから、自分磨きもしなくなったから……印象、全然違うでしょ？」

「うん……別人みたいだよ……」

呆気に取られる秀と音菜を、男性スタッフが交互にみた。

「あ、彼女は昔からの友人で、福山音菜さん」

秀が、思い出したように男性スタッフに音菜を紹介した。

友人、という響きが音菜の心を抉った。

「私、『サニーレコーズエンタテインメント』で秀さんの担当しているディレクターの牛尾と言います。福山音菜さんってあのスーパーモデルの……」

男性スタッフ……牛尾が好奇の眼差しを向けつつ差し出してきた名刺にたいし、音菜は笑顔で首を横に振った。

「もう、業界の人間じゃありませんから。すみませんが、少しだけ彼とふたりにして頂けませんか？」

「ああ……これから雑誌のスチール撮影が入って……」

「四、五分で終わるから。上で待っててくれない？　拾うからさ」

困惑する牛尾を遮り、秀が言った。

「じゃあ、二、三分でお願いします。現場に、別の音楽情報誌の取材のライターもくる予定になってますので」

秀の口にした時間をさらに繰り上げ念押しすると、牛尾はいまきた道を引き返しエレベータに消えた。

「分刻みのスケジュールね。凄い出世じゃない。おめでとう」

音菜は、素直な言葉を口にした。

秀の成功を心から祝福していることを、どうしても最後に伝えたかった。

「ありがとう。君は、いま、なにしてるの?」

いまの質問で、自分が精神科病院に入院していたことを秀が知らないということがわかった。

「私は……自分探しの旅かな」

音菜は、冗談っぽい口調で言うと微笑んだ。

「私、ブスになっててびっくりでしょう?」

気軽な感じを装い訊ねた音菜だったが、心臓は大量の血液を吐き出していた。

「全然別人みたいになってるのにはびっくりしたけど、僕はビジュアルに惹かれたんじゃなくて音菜自身を好きになったわけだから、どっちの君でも同じだよ」

秀の優しい眼差しが、干涸び罅だらけになっていた音菜の心を潤した。

「あのとき、君を傷つけてしまってごめんな。どんな事情があったにせよ、僕のやった行為は最低だ。ずっと心に引っかかっていた。謝ろうと連絡したけど携帯も繋がらなくて……」


そのとき私は精神科を病んで入院していたのよ。

心の声は、口には出さなかった。

出したところで、「取り戻せない時間」はある。

「私に連絡取れたら……なにを言おうと思ってたの？」

どんな理由を聞いても音菜の決意は変わらないが、純粋に知りたかった。

「もう一度……やり直せないか……って。音菜、僕達、もう無理なのかな？」

秀が潤む瞳でみつめ、切実な声で訊ねてきた。

「私も、いまになって本当にあなたを愛してたんだな、ってことに気づいたし。でも、無理なの。私は本物の愛がほしい。裏切ることも裏切られることもない、永遠の愛が……」

音菜も、秀をみつめた。

瞳に、しっかりと彼の顔を焼きつけるように……。

「もう二度と、君を哀しませたりしない。一生かけて、君に償いをするから。福山音菜を、僕は愛し続けることを誓うよ」

秀が、音菜の肩に手をかけ力強く宣言した。

「ありがとう……」

音菜は、秀の懐に飛び込み逞しい胴回りに抱きついた。

音菜を抱き締めていた秀の腕に力が入った。

「でも、一生かけなくてもいいし、愛し続けなくてもいいの……」

音菜は、デニムのヒップポケットに手を入れながら言った。

「え？　どういう意味……」

腕に渾身の力を込め、ヒップポケットから抜いた果物ナイフを秀の下腹に突き刺した。

秀が短い悲鳴を上げ、前のめりに音菜にしがみついてきた。

音菜は秀を強く抱き止めながら、滅多無性にナイフの刃先で下腹を抉った。

裂けた腹から溢れ出した腸に足を滑らせた秀が、仰向けに倒れた。

「痛いっ……痛い……どうして……どうして……痛いよっ……」

血と内臓で赤く濡れた両手で下腹を押さえてのたうち回る秀が、充血し潤んだ瞳で音菜を見上げた。

「あなたのことは、私の心の中で永遠に愛し続けるから……これで、もう、ふたりが離れることはないのよ」

音菜は断末魔の悲鳴をあげ身悶える秀の傍らに腰を下ろし、慈愛深い瞳でみつめつつ彼の頭を撫でた。

彼の手足に絡みつく腸を、遠くへ放った。

「ど……どう……して……」

夥《おびただ》しい出血で秀は、もはや身悶える力もなく息も絶え絶えに声を絞り出した。

「あなたを愛してるからに決まってるじゃない。さあ、もう、喋らないで」

音菜は蒼白になった秀の頬を撫でながら、諭すように言った。

女性の悲鳴が、駐車場に響き渡った。

男性の声も聞こえる。

救急車、血塗れ、内臓、警察、死んでる……のフレーズが激しく飛び交っていた。

「大丈夫よ、なんでもないから。秀は、安心して眠って」

音菜は、これから幼子に絵本でも読んで聞かせるとでもいうように語りかけた。

「これで、ようやく……」

音菜は言いかけて、口を噤《つぐ》んだ。


あなたへの償いができるわ……。

言葉の続きを、音菜は心で呟いた。

この作品は「ポンツーン」（平成二十三年十一月号〜平成二十五年四月号）の連載に加筆・修正したものです。

ブックデザイン　bookwall
カバーイラスト　ena

〈著者紹介〉
1998年、「血塗られた神話」で第7回メフィスト賞を受賞して作家デビュー。『ろくでなし』『カリスマ』『無間地獄』『溝鼠』『毒蟲 vs. 溝鼠』『悪虐』などノワール小説で独自の地位を築く一方、純愛小説を発表。『忘れ雪』『ある愛の詩』『あなたに逢えてよかった』で多くの読者の支持を得る。作品と作風は多岐にわたり、芸能界・テレビ界を舞台にした『枕女優』『女優仕掛人』『ブラック・ローズ』、キャバクラの熾烈な競争を描いた『黒い太陽』『女王蘭』『帝王星』、実際にあった犯罪をもとにした『殺し合う家族』『摂氏零度の少女』など多数。近著に『君想曲』『傷だらけの果実』『溝鼠 最終章』がある。

東京バビロン
2013年5月25日　第1刷発行

著　者　新堂冬樹
発行者　見城 徹

GENTOSHA

発行所　株式会社 幻冬舎
〒151-0051 東京都渋谷区千駄ヶ谷4-9-7

電話:03(5411)6211(編集)
03(5411)6222(営業)
振替:00120-8-767643
印刷・製本所:図書印刷株式会社

検印廃止

ISBN978-4-344-02395-6 C0093
幻冬舎ホームページアドレス　http://www.gentosha.co.jp/

この本に関するご意見・ご感想をメールでお寄せいただく場合は、comment@gentosha.co.jpまで。